우리가
보낸 가장
긴 밤

우리가
보낸 가장
긴 밤

이석원
소품집

마지막 글들을 남기고
작가의 말

개정판을 내며

원래는 그저 작고 소소한 이야기를 하는 책 한 권을 내고 싶었습니다.

특별한 주제 같은 것 없이

그저 살면서 마주치는 이런저런 단상들을 모은 소박한 책을요.

왜냐하면

우리가 사는 삶에는 일정한 주제가 없으니까요.

딱히 기승전결이 있는 것도 아니고요.

그런데 완성을 하고 보니 400페이지에 가까운 큰 몸집을 지닌 책이 되었죠.

독자들에게 뭐 하나라도 더 드려야겠다 싶어

하나둘 페이지를 추가하다보니 그리되었고

그땐 그게 저의 최선이었는데

시간이 흐르면서 저는 이 책이 애초의 의도대로 조금 더 간결하면서도
정돈된 모습이 되면 어떨까 하는 생각을 갖게 되었습니다.

그러다 마침내 기회가 왔고
보통 개정판이라 하면 새 글을 넣으며 몸집을 불리기 마련이나
저는 반대로 있던 글을 빼는 작업을 했습니다.

제게 중요했던 건 새 글의 유무나 책의 두께가 아니라
어떻게 하면 꼭 필요한 글들만 남겨서
그것들을 꼭 필요한 자리에 둘 수 있을까
하는 것이었기 때문입니다.

모쪼록 그러한 과정을 거쳐 새롭게 탄생한 이 책이
독자들에게 군말 없는 작품으로 다시 다가가길 바랄 뿐입니다.

또한
소품집이라 새로이 칭한 것은

조선시대 때도 단상을 담은 수필에 해당하는 짧은 글들을 소품小品 혹은 소품문小品文이라고 했다는데
특별히 거기에 영향을 받은 것은 아니지만 저 역시 비슷한 의도로 이름 붙인 것은 맞습니다.

그럼, 활자와 더불어 또 한번 행복하시길 바라며

2021년 2월
이석원 올림

일러두기
이 책은 『우리가 보낸 가장 긴 밤』(2018)의 개정판입니다.
저자 고유의 글맛을 살리기 위해 표기와 맞춤법 및 문장부호는 저자 고유의 스타일을 따릅니다.

1부

그해 여름

출발

아름답지 못한 세상을
아름다운 것들로 돌파하기 위하여

상페

'이승엽 "마지막 경기, 심장이 떨어져나가는 느낌이다."'

오늘 아침 뉴스를 보니 국민타자 이승엽이 23년간의 선수생활을 마치는 모양이었다. 그는 경기 시작 전 열린 기자회견에서 이렇게 말했다.

내게 야구는 정말 전부였다고. 야구를 하면서 너무 많은 것을 얻었다고.

나도 그렇게, 내게 전부일 수 있는 무언가가 주어지길 오랫동안 바라왔지만 뜻대로 되지는 않았다. 실은 오늘 이승엽의 은퇴 기사가 나기 몇 달 전 나 또한 23년간 해오던 일을 완전히 그만두었는데, 둘의 그 어마어마한 유명세의 차이만큼이나 그와 나의 마지막 역시 달랐다. 한 사람은 자기 인생의 전부였던 일을 아쉽게 그만두는 것이었고, 다른 한 사람은 평생을 해왔으면서도 끝내 그 일을 받아들이지 못해 씁쓸한 마감을 결행한 것이었기 때문이다. 그래서 난 이승엽이 부러웠을까. 꼭 그렇지만은 않다.

왜냐하면 삶이란 그럴 수 있는 거니까.

모두가 같은 걸 누리며 사는 건 아니니까.

내게 그 사실을 가르쳐준 사람이 있었다. 장 자크 상페. 만인이
사랑해 마지않는 프랑스의 국민 삽화가. 나는 그의 모든 책을 갖
고 있을 만큼 예전부터 좋아했는데 그렇게 된 데에는 사실 그의
그림 말고도 다른 이유가 있다.

나는 소위 '창작'을 하는 사람이기에, 남들은 좋아서 하는 그
일이 내겐 그저 밥벌이일 뿐이라는 사실 때문에 참으로 오래 고
민했다. 영화를 너무 하고 싶은데 부모가 반대해 속 끓이는 젊은
이의 이야기는 들어봤어도, 먹고살기 위해 억지로 무대에 선다는
사람을 본 적은 없는 것 같다. 소위 말해 예술이란 이처럼 당연히
좋아서 해야 마땅한 것을, 내겐 왜 그 일이 하기 싫은 숙제처럼만
여겨졌던지. 그래 나와 같은 고민을 하는 사람을 만나볼 수도 이
해를 받을 수도 없어 홀로 고민하던 어느 날, 안 그래도 좋아하던
상페의 놀라운 고백을 들었던 거다.

자기는 다른 이들처럼 그림에 죽고 못 사는 예술가가 아니라
그저 평생 의무감에 그림을 그려왔을 뿐이라고.

알고 보니 상페는 원래 다른 일을 하고 싶었으나 거기에는 소
질이 없어 부득이 택한 것이 그림이었다. 그랬던 일이 평생의 업

이 되고 돈과 명성까지 가져다주었지만 끝내 열정마저 주지는 못했던 것. 결국, 유명 화가라는 사실을 빼면 그 역시 하고 싶은 일을 하며 살지 못한 것은 여느 평범한 사람들의 그것과 다를 바 없는 삶이었으나, 그런 현실을 덤덤히 받아들였다는 점만은 남들과 달랐던 것이다.

그런데, 내가 이런 상페의 사연을 알게 된 것이 반가워 이야기를 해주었을 때조차, 사람들은 그 사실을 믿으려 들지 않았다. 그들은 내게 세상에 그런 인물이 존재할 리 없으며, 더구나 상페처럼 유명한 화가가 의무감에 그림을 그린다는 건 있어서도 안 되고 믿고 싶지조차 않은 일인 것처럼 반응했던 것이다. 내가 발 딛고 있는 곳에서 나는 여전히 이방인이었고, 그런 내게 상페만이 이렇게 공감해주는 듯했다.

'나 너가 말하는 게 뭔지 알아. 나도 그러니까.'

그때, 직접 만나볼 수는 없었지만 나와 같은 사람이 이 지구 어딘가에 있다는 사실을 알게 된 것만으로도 나는 얼마나 위안을 받았는지 모른다. 내가 내 일에 대한 회의를 견디다못해 그 일을 그만둔 뒤에도, 조금 힘들어서 그런 거겠지, 금세 돌아오겠지 하며 여전히 내 고민과 결심을 대수롭지 않은 것으로 치부하는 옛 동료들 틈에서, 상페만큼은 늘 '그럴 수 있다'고 위로해주었으니 말이다.

아마 그래서 언젠가 우리나라에서 상페의 전시회가 열렸을 때, 나는 달려가 그림들을 다 본 뒤에도 자리를 뜨지 못하고 한동안 전시회장 안을 서성였는지도 모르겠다. 어딘가에 나와 비슷한 사람이 또 있지 않을까 싶어서. 그렇다면 그도 나와 친구가 될 수 있지 않을까 하는 기대에. 그러나 책이 아닌 현실에서 그런 사람을 만나기란 여전히 쉽지 않았는데, 상페는 내게 그 또한 인생이라고 말해주곤 했다.

　잡힐 듯 잡히지 않으며 내 뜻과는 상관없이 흘러가는 시간들. 살면서 맞닥뜨리는 무수한 어긋남. 하지만 괜찮다고. 왜냐하면 삶이란 그럴 수 있는 거니까. 모두가 같은 걸 누리면서 사는 건 아니니까

　라고.

나의 사려 깊은 친구에게

사람들은 누군가 외롭다고 하면 곧잘 뭔가 문제가 있다고 느끼거나 짝이 필요하다는 뜻으로 받아들이지. 하지만 외롭다고 해서 꼭 누굴 만나고 싶은 건 아니거든. 그래서 난 너를 알게 되었을 때 놀랐었어. 넌 내가 무슨 말을 하면 그 이상 어떤 추측도 하지 않고 다음 말을 기다려준 최초의 사람이었으니까. 다시 말해서 넌, 그래서 내가 소개팅이라도 해달라는 건지, 아님 그런 것과는 다른 종류의 외로움을 호소하는 건지, 그다음 말을 듣기 전엔 어떤 판단도 하지 않았다는 거지. 내가 이런 말을 하면 어떤 사람들은 그래. 그건 신중한 게 아니라 둔한 거 아니냐고. 나는 아니라고 했어. 왜냐하면 넌 내가 글을 쓰면서 한때 일일 드라마를 챙겨본다고 사람들에게 말하고 다닐 때, 하루 30분에 불과한 그 드라마를 보는 시간이 내 온 하루를 장식할 리 없다고 생각한 유일한 사람이었으니까. 그래서 다른 사람들이 "석원이는 요즘 글은 안쓰고 하루종일 드라마만 본대"라고 할 때 넌 "그럼 나머지 시간에 글을 쓰는 거야?"라고 물어봐준 사람이었는데, 그런 너가 둔하다니 그럴 리는 없는 거지.

난 그런 네가 부러웠다. 소통이라는 게 참 쉽지 않아서, 어떨 때는 말한 그대로만 받아들여야 하고 어떨 때는 액면 그대로 받아들였다가는 바보 소리를 듣기도 하는 그 일에 너는 어쩜 그렇게 재주를 보이는지.

오늘도 서점엘 들렀어. 거기엔 어떻게 하면 부자가 되는지, 어떻게 하면 인문학적 소양을 단기 속성으로 기를 수 있는지, 어떻게 하면 남부럽지 않게 글을 잘 쓸 수 있는지, 하여간에 어떻게 하면 뭘 잘할 수 있는지에 대한 온갖 것들이 다 있는데 어떻게 하면 너처럼 다른 사람을 대할 수 있는지에 대한 법 같은 건 없더라. 혹 있다 한들 그걸 본다고 너처럼 될 리는 없을 테지만 말이야. 세상엔 책도 사람도 결코 알려줄 수 없어 혼자서 깨칠 수밖에 없는 일들이 있는데, 그게 참 사람을 힘들게 하네. 너라면, 너였다면 이런 일로 이렇게 속을 끓이지는 않았을 텐데. 그러니 나의 밍기뉴이자 슈르르까 같은 친구야. 주말엔 오랜만에 시간을 내서 나도 너처럼 사려 깊게 다른 사람과 소통하는 법을 좀 가르쳐다오.

알겠지?

택시

요즘 속 얘기 하나 편히 할 사람 찾기가 쉽지 않으니 웬일일까. 어제는 택시를 타고 집에 가다가 외로워서 500원어치를 더 갔다. 기사 아저씨가 택시 모신 지 얼마 안 됐다는데 우리 누나들 연배여서 말이 좀 통했다. 세상에, 택시 기사랑 말 통하는 것처럼 허무한 일이 또 있을까. 평생 다시 볼 일이 없는 사람들이니.

통 通

흔히 말하지 않아도 아는 사이를 신뢰 관계의 최고 단계로 여기는 경우들이 많지만, 대화를 사랑하는 나는 말이 잘 통하는 사이가 더욱 고프다. 물론 말하지 않아도 아는 사람이 대화도 잘 통할 확률이 높긴 하겠지만 말이다.

대화란, 내 말이 맞음을 일방적으로 확인하는 과정이 아니라, 어느 때는 일치의 쾌감을 얻기도 하고 어떨 때는 다름의 묘미를 깨닫기도 하는, 말로 가능한 최고의 성찬이다. 서로를 신뢰하기에 의견이 달라도 기분이 상하지 않고, 오히려 말의 부딪침 속에서 대화의 재미를 찾을 수 있는 사람들이라면 그게 바로 통하는 사이가 아닐까?

대화가, 소통이 우리에게 주는 선물 같은 순간들.

오늘 나는 그게 가능한 사람을 만났다. 한때는 거의 한몸처럼 가까웠던 이.

나는 오랜만에 만난 그가 나를 당연한 듯 단정짓지 않기를 바랐다. 한때 친했다 하더라도 여전히 조심스러운 태도를 간직하고 있기를. 그래서 당신에 대한 나의, 더불어 우리의 신뢰가 지속되기를.

항시 나를 가장 오해하기 쉬운 존재는 오히려 내 가장 가까운 사람들이다. 그들은 나를 '안다'고 믿기 때문이다. 내가 아닌 다른 이를 안다는 그 확신에 찬 전제가 늘 속단과 오해를 부른다는 걸 알기에, 나는 누굴 안다는 생각을 잘 하지 않으려 한다. 당연히 상대도 그러지 않기를 가까울수록 더 바라고. 그건 내가 복잡하거나 대단한 사람이어서가 아니라 사람이라면 누구든 몇 마디 말이나 경험으로 판단되고, 규정될 수 있을 만큼 단순한 존재가 아니기 때문이다.

이윽고 대화가 시작되었다.

탁구를 치듯 말과 말이 오가며 서서히 입을 푼 우리는 마침내 길었던 공백이 무색할 만큼 신명나는 이야기를 나누게 되었는데, 문득 뱉어진 그의 한마디에 나는 그만 감동을 받고 말았다.

"내가 너를 안다고 할 수 있을지는 모르겠지만 적어도 내가 본 너는 그랬어."

직장에서, 혹은 사적으로 한 몇 년 알고 지냈다는 이유로 내 속을 다 들여다본 듯 구는 사람들이 그렇게나 많은데, 정작 누구보다 나를 잘 안다 해도 이상할 게 없는 사람은 이렇게나 조심스러운 태도를 보여주니 어찌 신뢰를 갖지 않을 수 있을까.

나를 충분히 잘 알지만 그럼에도 그런 자기 판단을 경계하며 완곡하고 조심스럽게 사람을 대하고 있다. 그 신중하고도 섬세한 마음 씀에 지쳐 있던 나의 내면이 안도하는 걸 느낀다.

돌이켜보면 아무리 틀림이 없다고 생각이 되어도 단정을 짓는다는 것은 얼마나 신중하게 해야 하는 일인지 내게 가르쳐준 것도 너였지.

그런 너를 여전히 소중히 여길 수 있게 해줘서 고마워. 덕분에 우리는 오늘도 신나게 수다를 떨며 잘 통했다.

당신은

타인에게
거짓말을 하는 것과
솔직함을 드러내는 것 중
어느 게 더 어려운 일인가요.

솔직할 수 있도록

솔직하다는 말을 많이 듣는 나는, 실은 인생의 근 절반에 가까운 시간을 내면의 벙어리로 지낸 과거가 있다. 어렸을 때부터 어른이 되어서까지, 내게 적지 않은 수의 친구들이 있었지만 내 진짜 속내, 아니면 아니라고, 기분이 나쁘면 나쁘다고, 너희가 알고 있는 나는 내가 아니라고 말할 수 있는 친구를 만나는 데 28년이란 시간이 걸린 것이다. 그때까지의 내게 친구란, 나에 대해 마음대로 넘겨짚어도 그런가보다 하고, 무슨 일이 있든 무슨 말이 오가든 나는 그저 늘 들어주고 맞춰주어야 하는 존재였으니까. 그건 누구의 강요도 아닌 내 선택이었는데, 꽤 어려서부터 나는 타인에게 속을 터놓아봤자 소용이 없을 거라는 이상한 믿음이 있었다. 누구도 사람을 그리 대하라 가르쳐준 적 없거늘, 누굴 만나든 그 특유의 안테나가 작동하면서 이런 본능적인 확신 같은 게 들곤 했던 것이다.

'이번에도 안 될 거야.'

어린 마음에 그런 섣부른 벽을 친 탓인지 정말로 그걸 깨줄 친구를 만나지 못한 때문인지 모르겠으나, 그래서 내게 친구란 단지 친근한 껍데기 같은 존재로서 그들이 생판 모르는 남보다 나를 더 외롭게 했는지도 모른다. 만나면 내게 부여된 캐릭터에 충실하려 주위를 웃기는 데 골몰하다간, 집으로 돌아오는 길엔 항상 비슷한 허허로움에 시달려야 했던 시간들.

그러던 스물여덟 살 때였다. 그날도 친하긴 하되 그 이상은 되지 못했던 한 친구가 늘 그랬듯 자신의 선입견에 근거해 내 말과 행동을 멋대로 해석하고 단정짓는 모습을 보면서, 난 평소와 달리 격분해서 되받아치고 말았다. 장소도 기억난다. 어느 저녁 이대 후문에 있는 '작은 프랑스'라는 카페에서 난, 평생 처음 나를 안다고 확신하는 누군가에게 이렇게 대꾸했던 것이다.

"아니야, 상문아. 넌 나에 대해 완전히 잘못 알고 있어."

그것은 나 아닌 타인에게 털어놓은 사실상 내 최초의 진심이었고, 한번 둑이 터지자 난 너무도 격정적으로 누구에게도 말한 적 없던 내 진짜를 설명했다. 그러자 늘 장난으로만 나를 대하던 친구는 그런 내 모습에 놀랐는지 그날따라 내 이야기를 진지하게 들어주었다. 묵묵히, 그 긴 턱을 끄덕이며.

그래서 어떻게 됐냐고?

평생 처음 솔직했던 대가로 난 무엇과도 바꿀 수 없는 소중한 친구를 얻었고, 하느님은 무심하게도 그런 친구를 불과 5년 만에 도로 데려가버리셨다. 그 친구를 안 지는 10년, 그 일이 있은 뒤로는 꼭 5년 만이었는데, 그동안이 내 인생에서 가장 빛나고 행복했던 시기였음은 두말할 필요가 없다. 피 한 방울 섞이지 않았으면서 온 세상이 내게 등돌려도 나를 믿어줄 단 한 사람. 그런 이를 내 편으로 둔 기분이 어떤 건지, 주위에 그런 존재가 있으면 사람의 인생이 어떻게 바뀌는지 알게 된 것이다.

사람들은 말한다. 남들은 평생 만나보기 힘든 친구를 잠깐이나마 가져본 게 어디냐고. 그러니 불행하다 생각지 말라고. 솔직히 선뜻 받아들여지지는 않지만 이것만은 알겠다. 어쩌면 삶 전체를 통틀어 좋게좋게 웃음과 예의로서만 대해야 하는 사람들이 훨씬 더 많을 이 공허한 인간관계에서, 나로 하여금 솔직함을 이끌어내줄 수 있는 사람, 거짓말하고 싶지 않다는 생각을 하게끔 만들어주는 이를 만난다는 게 얼마나 큰 복이고 행운인지를.

그렇기에 늘 남에게 맞춰주고 웃음 짓는 데 더 익숙한 내게, 너에게만은 솔직하고 싶다는 말은 사랑한다는 뜻의 다른 말인지도 모른다.

그래

아름다운 걸
알아볼 수 있다는 것만으로도
너는 이미 아름답지.

그리고 잊지 마.

뭔가를 소중히 여기는 동안엔
너 또한 소중한 무엇이 되어 있다는 걸.

기일 忌日

그렇게 젊어 세상을 떠났어도
아마 원혼이 되지는 않았을 것이다.
무슨 일이 생겨도
인정하고, 받아들이며 넉살 좋게 허허 웃으며
안고 가는 놈이었으니까.
때문에 난
네가 생사의 길목에서 죽음과 싸우고 있을 때
사람들이 네가 이렇게 쉽게 가버릴 리가 없다고 낙관하거나
혹은 살려달라며 울고 기도하고 난리들을 칠 때
이미 알고 있었다.

네가 이 상황을 그냥 받아들이리라는 것을.

나는 너를 아니까.
네가 나를 아는 것처럼.

14년 전 그날 저녁 분당 서울대병원. 마스크를 쓴 담당 의사가 중환자실에서 나오더니 열흘간 의식불명 상태로 있던 친구의 죽음을 알렸다. 반 체념 상태에서 기적을 바라던 사람들은 순간 터져나오는 울음도 잠시, 거의 반사적으로 장례 준비에 들어갔다. 일단 시신을 서울로 옮겨야 했는데, 가족들은 따로 가고 내가 친구를 데리고 가기로 했다. 장례식장이 정해지자, 그동안 중환자실 앞 대기실에서 장사진을 치며 죽음 앞에 농성하던 사람들은 빠르게 흩어졌다. 끝내 주어진 되돌릴 수 없는 현실 앞에 더이상의 저항을 포기한 채 이제 망자를 배웅하기 위해 발길을 옮긴 것이다. 모두들 떠나고 난 뒤, 나는 앰뷸런스 안에 주검이 되어 누워 있는 친구와 단둘이 남았다. 차가 달리기 시작했다. 이미 죽은 사람인데 앰뷸런스는 무엇 때문인지 사이렌까지 울리며 촌각을 다투는 응급 차량마냥 달려댔고, 조수석에 앉은 내 손엔 친구의 사망진단서 열 부가 들려 있었다.

그날, 그 시간. 친구의 장례를 치르기 위해 망자가 되어버린 친구와 함께 달리던 그 길을 어찌 잊을 수 있을까. 사방이 칠흑처럼 까맣던 밤. 멀리 보이는 분당의 아파트들의 행렬. 그 속에서 군데군데 새어나오던 따스하고도 무심한 불빛들.

그때, 달리는 차 안에서 나는 아직은 벌어지지 않은 무언가 엄청난 일을 기다리는 심정으로 그런 생각을 했었다.

어떻게, 그토록 소중했던 것이 이렇게 순식간에 사라져버릴
수가 있을까, 하고.

*

어느 날 애가 정말이지 곧 죽을 사람처럼 얼굴이 흙빛이 되어
나타나서는 간이 안 좋아졌다고 했다. 그러더니 입원을 해야 한
다며 머리를 자르고 싶어길래 나는 녀석과 같이 다니던 단골
미용실에 동행을 해주었다. 그런데 그곳에서 애가 머리를 짧게
잘라달라고 하자 원장 선생이 어디 가시기라도 하냐 물었고, 그
때 녀석이 중얼거리듯 했던 대답이 난 어쩐지 불길했던 것이다.

"네. 아주 먼 데 갈 것 같아요."

그렇게 머리를 바짝 깎고는 녀석은 입원을 했고 그것으로 끝이
었다. 입원한 뒤 얼마 지나지 않아 다시 만난 친구는 이미 의식을
잃은 상태였고, 이후 중환자실에서 보낸 열흘간은 결과적으로 의
미 없는 기대와 체념의 반복일 뿐이었으니까. 미칠 듯한, 그 어떤
간절함으로도 되돌릴 수 없는 시간들을 등지고 녀석은 그렇게 가
버렸다.

*

그애가 살아생전 의식이 멀쩡할 때 우리가 함께했던 마지막 순간이 언제였는지 기억이 나지 않는다. 그때 그 미용실에서였을까? 언제 마지막으로 만났는지 그때 주고받은 말들은 무엇이었는지 기억하고 싶은데, 이렇게까지 되리라고는 꿈에도 생각지 못했던 느슨한 상태에서의 기억과 녀석이 생사의 기로에 처한 이후의 내 기억이 너무 다르다. 친구가 죽음의 문턱에 서 있다는 것을 알게 된 순간부터 나는, 어떻게든 내 주위를 떠나고 사라지려는 것이라면 공기 하나까지 놓치지 않으려 눈을 부릅뜬 채 몇 날의 시간을 보냈었으니까.

*

가장 친한 친구를 잃는다는 것은 무얼 의미하는 걸까. 세상 가장 큰 내 편의 상실? 웃음 코드가 같은 사람을 찾기가 이렇게나 어렵다는 걸 뼈저리게 알게 되는 것? 삼일장을 치르고 발인을 하던 날, 녀석이 살던 집 바로 길 건너편에 있던 압구정 성당의 어떤 신부님이 이미 죽은 아이를 두고 말씀하셨다.

"이제, 정말로 영원히 헤어져야 할 시간입니다."

나는 그때 그 영원이란 말이 너무 감당이 안 돼서 머릿속이 어떻게 되는 것만 같았다. 그 말을 들으니 마치 장례를 치르는 동안엔 녀석이 아직 근처에 함께 있었던 것만 같고 이제야 비로소 떠나가 다시는 보지 못하게 되는 것만 같아 얼마나 울었는지 모른다. 하지만 그 장례미사조차 끝이 아니었으니…… 이별의 과정은 여전히 남아 있었다. 의사에게서 사망 선고를 받음으로써 마주해야 했던 그의 생명과의 이별. 마지막 미사를 드림으로써 받아들여야 했던 그의 영혼과의 이별. 이제 떠날 화장터에서 그의 육신을 불로 태워 없앰으로써 다시는 만날 수도 볼 수도 없는 그의 육신과의 이별. 그리고 어쩌면, 장차 어떤 이들에게는 기억 속에서 잊혀짐으로써 벌어질 그라는 존재와의 이별도 있을 것이었다.

화장터에 도착한 친구는 한줌 뼛가루가 되어 가족과 친구들 앞에 나타났다. 대리석으로 된 유골함 탓인지, 살아서 기골이 장대했던 친구의 유골은 무거웠다. 그와 사랑과 추억을 주고받았던 이들은 녀석의 마지막 흔적을 용산구의 어느 성당에 모시곤 그 모든 이별의 과정을 마친 채 지친 몸을 이끌고 각자의 집으로 흩어졌다.

*

장례를 치르는 동안 나는 친구를 떠나보낸 이들 중에 가장 많이 운 사람이었는데, 그렇게 하염없이 눈물을 흘리면서도 한편으론 다가올 현실이 두려워 몸을 떨어야 했다. 내 거의 모든 인간

관계가 친구를 중심으로 이뤄져 있었다. 항상 녀석과 동반을 해서야 누굴 만나도 만났을 만큼 녀석은 내 관계의 윤활유이자 나와 세상의 다리였으며 통역사였다. 녀석을 통해서라야 나는 세상과 소통했고 그 소통에 아무런 부족함이 없었다. 그러나 그애가 없는 이제부터는 혼자서 그 모든 걸 감당해야 한다는 생각에 나는 이를 악물었다. '열심히 살아서 새 친구도 만들고 하여간에 열심히 살아야지.' 나는 잘 살았을까. 열심히는 살았다. 때로는 몸을 축내가며 일했고 적어도 허송세월은 하지 않으려 애썼다.

그러나 다른 작은 성취는 있었을지 몰라도 새 인연은 쉽사리 만들어지지 않았다. 세상엔 대체될 수 있는 게 있고 없는 게 있기 마련이니까. 그렇게 나는 홀로 남아 친구는 먹지 않는 나이를 먹어갔고 때로는 움츠러들었다간 세상에 나가길 반복하면서 이렇게 살아왔다.

오늘은 한 해 한 번 어김없이 돌아오는 친구의 기일. 나는 평소처럼 친구가 있는 성당을 찾아 14년 전 그날의 기억 중 하나를 떠올렸다. 장례식장에서 집으로 돌아와, 가장 친했던 친구를 스무살 때 잃어봤던 아버지와 나눈 대화를.

아버지. 시간이 흐르면 슬픔이 잊혀지나요.
아니.

세상과 작별할 때까지 그리운 이 그리운 순간들을 많이 만들어야겠다. 다시 이렇게 헤어지면 애석한 존재들을 더 만나고 싶다. 나 또한 누군가에게 그런 사람이 되어야겠다.

나는 그 친구가 있던 서른세 살 때까지 외로움이란 말을 잠시 잊은 채 살았다.

2부

내가 사는 작은 동네엔

외로움

혼자서는 외로움 같은 것 크게 못 느끼며 나름대로 잘 지내다가 밖에서 사람이라도 만나고 오면 오히려 없던 외로움에 시달리게 되는 날이 있다. 평온했던 마음에 생긴 뜻하지 않은 균열에 나는 당황하고.

아는 의사가 그랬다. 뭔가를 치료할 때 병원에서 술 마시지 말란 말을 듣는 이유는 알코올이 없던 염증을 만들어내기 때문이 아니라 그게 몸속 어딘가에 잠재해 있던 염증을 끌어내서 그런 거라고.

만약, 외로움이라는 게 사람 감정의 어떤 염증이라고 할 수 있다면, 이렇듯 밖에서 사람을 만나곤 혼자 있을 때는 느끼지 못했던 외로움을 느끼게 되는 경우, 그건 그 사람 때문이 아니라 실은 내가 홀로 보내는 시간들이 내 생각만큼 충만하지 않기 때문은 아닐까. 잘 지내고 있다고 느꼈지만 알고 보니 외로움을 애써 누르고 있었던 거다.

누군가와 함께 보내는 그 잠깐 동안의 자극에도 무너져내릴 만큼 내가 구축한 평온함이라는 게 허약하니까 친구와 함께 하루 시간을 보내거나 추억이 깃든 음악, 혹은 애절한 영화 한 편에도 마음이 쉬 무너져내리는 거지. 그 속도가 빠를수록 애써 외면하던 감정의 크기는 더 크고 깊은 것일 테고.

아무튼 내가 지금 정말로 외롭지 않은 건지 아니면 외로움을 애써 피하고 있는 건지는 모르겠지만, 어느 쪽이든 내 상태가 내가 자신하는 것만큼 튼튼한 게 아닌 것만은 분명해 보인다.

운동해야겠다.

결론

티브이에서 신화 전진씨가 결혼하는 장면이 나오더군요. 그 분이 연예계의 소문난 주당인데 결혼을 하면서 일주일에 맥주를 3,000시시만 마시는 걸로 배우자와 약속을 했다 하더라고요. 다 건강 때문이겠지요.

맥주 얘기가 나와서 말인데 저도 맥주 좋아해요. 지금은 나이 도 있고 해서 자주는 못 마시지만 어쩌다가 시원하게 한 모금 들 이켤 때가 있는데 차게 냉각된 액체가 목을 타고 넘어갈 때의 그 쾌감이란……

제가 맥주를 가장 많이, 또 원없이 마셨을 때가 아마 스물일 곱 살 무렵이었을 거예요. 저는 그때 함께 글을 쓰던 친구들과 잡 지사를 차렸었거든요. 아직 사람들이 인터넷을 하지 않을 때라서 여전히 종이 잡지들이 위력을 발휘할 때였죠. 저는 그 잡지에서 발행인 겸 기자를 했는데 정말 행복했어요.

뭔가를 만든다는 게. 내 힘으로 뭔가 만들어서 세상에 내보낸 다는 게.

그래서 정말 열심히 했는데 마침 아이엠에프가 왔고 우리는 뭔가를 제대로 선보이지도 못한 채 회사 문을 닫아야 했죠.

스물일곱. 무엇을 망해본 적이 없을 어린 나이였어요. 한 번도 실패해본 적 없었기에 그 실패를 어떻게 받아들여야 하는 건지도 몰랐죠. 무엇보다 견디기 힘들었던 건 다시는 이런 열정과 기회가 생기지 않을 것만 같은, 근거는 없지만 확신에 가까운 무력감과 절망감이었습니다.

나는 끝났구나. 다시는 내게 이런 순간들은 오지 않을 거야.

그때부터 저는 캔맥주를 입에 달고 살았어요. 그때의 제게 스물일곱이라는 나이는 서른을 앞둔 이미 너무나 어른의 나이였기 때문에, 내 남은 인생을 통째로 단정짓는 그런 무시무시한 일이 가능했죠.

하지만 그뒤로 제가 얼마나 뜨겁고 또 차가운 시간들을 무수히 반복하며 지내왔는지 생각하면 가끔은 그토록 어린 나이에 삶의 결론을 내렸다는 사실이 부끄럽기도 해요. 왜냐하면 저는 그뒤로도 결론 내리는 일을 계속 반복했거든요.

서른… 서른다섯… 마흔… 마흔다섯……

이번엔 진짜다, 이번엔 진짜 끝이다……

그렇지만 그 어떤 나이도 인생이나 청춘의 끝은 아니었고 언젠
가 쉰이 되고 예순이 된다 해도 그 역시 끝은 아닐 거라는 걸 이
제는 알고 있죠.

그때, 그토록 절망했던 20년 전의 나는 그후 내가 이렇게나 많
은 일들을 겪게 될 줄 알았을까요?

아무것도 속단할 필요는 없었던 거예요.

카모메 식당

"좋아 보여요. 하고 싶은 것 하며 사는 모습이."

"그냥 하기 싫은 걸 안 하는 것뿐이에요."

카모메 식당
감독 오기가미 나오코
2006, 일본

하지 않을 자유

1.

어릴 적, 친구가 어떤 만화책을 권하면서 넌 이제 며칠 동안은 행복해질 수 있을 거야, 라고 했을 때, 아 그렇지 그게 내가 하고 싶은 일이야, 라고 생각했다. 그런 행복을 줄 수 있는 작가가 되는 것.

2.

그렇지만 여태껏 살아온 나의 삶은, 하고 싶은 일을 하기 위해서보다는 하고 싶지 않은 일을 하지 않기 위해 보낸 시간들이 더 많았던 것 같다. 꿈이나 목표는 사람에 따라 있거나 없을 수도 있고 세월이 흐르면서 그 의지가 희미해지기도 하지만, 하기 싫은 일이라는 건 평생을 따라다니기 때문일까.

3.

그래선지 나이를 먹어가며 내키지 않는 일을 하지 않아도 되는 자유가 조금씩 쌓여갈 때마다, 나는 안도감과 더불어 어떤 성취감 같은 것을 느꼈다. 인생의 번거로운 과제들을 하나하나 졸업해가는 듯한, 그중에서도 글쓰기는 내 가장 싫어하는 일 중 하나였다.

4.

20여 년 전, 처음 돈을 받고 글을 써서 넘기는 일을 누군가 내게 맡긴 이래로, 얼마 전까지 나는 그 일을 계속해야 했다. 신문, 잡지, 여러 기업의 사보는 물론 회사에 다닐 때에도, 동호회 활동을 할 때에도 글을 쓰는 일은 항상 내 몫이었다. 그럼에도 나는 내가 책을 내게 될 줄은 몰랐는데, 그럴 때의 글쓰기란 무엇보다 고역이었기 때문이다.

5.

기한 안에 원고지를 메우는 일이 왜 그렇게까지 싫던지, 늘 일이 맡겨지면 미루고 미루다 마감 당일에야 허둥대며 쓴 글을 마지못해 넘기고선, 나는 언제쯤 이 일을 그만두나, 늘 그런 생각만 품고 살았었다. 하지만 내 지갑은 원하는 만큼 채워지지 않았고, 나는 돈이 필요할 때마다 여러 곳에 원치 않는 글들을 써오며 빈 지갑을 메우곤 했다. 한 번도 만족해본 적 없는, 쓰고 싶어서 쓰는 것이 아닌, 내 것이라곤 생각지 않았던 글들로. 그런데,

6.

2009년. 뜻하지 않게 책이란 걸 내게 되면서 놀라운 사실을 알았다. 마감이라는 제한 없이 긴 호흡으로 글을 쓰게 되자, 나는 그

일에 묘한 열정과 즐거움을 느꼈던 것이다. 이것은 내가 뭔가를 쓴다라는 행위를 한 이래 처음 겪는 일로, 나는 그제야 비로소 내가 쓰기가 아닌 단지 마감이라는 걸 싫어했다는 것을 알게 되었다.

7.

쓰기를 해치워야 할 숙제처럼 만들어버리는 장치가 사라지자, 나는 활자로부터 구원이라도 받은 듯한 기분이었다. 글을 쓴다는 것이 주는 근원적인 고통과는 별개로, 나는 그 일에 처음 가져보는 열정과 보람을 느꼈고, 그것은 놓칠 수 없는 깨달음이었기에 나는 한 가지 바람을 갖게 되었다. 책이 세상에 나옴으로써, 더이상은 마감에 쫓기지 않으며 글을 쓸 수 있게 되길 소원했던 것이다. 어쩌면 나는, 뭔가 얻게 되길 바라는 마음보다 뭔가를 하지 않을 수 있게 되길 바라는 마음으로 그렇게 열심히 글을 썼는지도 모르겠다.

8.

욕망의 실현이 아닌 내 마음의 평화를 위한 자유, 그것을 누릴 소중한 권리를 획득하는 것.

9.

물론 개인의 노력만으로는 해결이 어려운 것들도 있다. 친구 중에 공부를 잘해서 의대에 들어간 여자애가 있는데, 그애는 어려서부터 제사, 차례 같은 자리에 참석해 일할 것을 종용당하는 것을 죽기보다 싫어했다. 여자들은 하루종일 허리가 휘도록 상을 차리고 남자들은 편히 앉아 그 상을 받아먹는 이해할 수 없는 풍습에 따를 마음이 없던 친구는, 그래서 더 악착같이 공부를 했고, 성적이 좋았기 때문에 조금씩 원치 않는 일을 강요받지 않아도 될 권리를 획득해갔다. 그애는 바라던 대로 의사가 되었고, 부모님께 다른 형제들보다 많은 용돈을 드림으로써 명절에 아예 집에 가지 않을 수 있게 되었는데, 여자애가 싸가지 없다는 뒷말도 듣고 오빠의 부인인 새언니에게 미안하기도 했지만 친구에겐 자신의 평화를 지키는 일이 다른 무엇보다 중요했던 것이다.

10.
'내 삶을 위한 원칙'을 세우고 지키는 일. 누구도 아닌 나를 위해서.

11.
하지만 앞서 말했듯, 노력을 한다고 모두에게 그런 자유가 주어지는 건 아니다. 하기 싫은 일을 하지 않기 위해 죄다 의사가 되고 판검사가 될 수는 없는 노릇이기도 하거니와, 어느 정도의 사회적 위치를 차지한다 해도 원치 않는 일과 상황은 여전히, 어디에든 도사리고 있기 때문이다. 다 같이 힘들게 공부해서 의대에 들어왔는데, 회식 때 친구만 여자라는 이유로 노골적인 차별의 말을 들어야 했을 때, 녀석이 자괴감에 밤새 힘들어하던 기억이 난다.

12.

열심히 노력해서 벗어난 줄 알았는데 여전히 그 안에 있었다
면서.

13.

이후로도 친구는 모든 배움의 과정에서, 심지어 전공 선택을
할 때에도, 나아가 의사가 되어 환자를 상대하게 되었을 때에조
차, 성별에 의한 차별과 위계에 의한 부당한 일들을 수없이 겪어
야 했고, 그럴 때마다 녀석은 여기 아닌 어딘가를 꿈꾸곤 했었다.
하지만 거부할 수 없는 조직의 일원으로서 더는 돈으로도 성적으
로도 해결할 수 없던 그 상황들을 친구는 더 뭘 어떻게 해야 피할
수 있었을까.

14.

이처럼 하나를 피하면 또하나가, 사적인 문제를 해결하면 공적
인 영역에서 원치 않는 일을 감내해야 하는 순간은 멈춤 없이 다
가온다. 그렇기에 어떤 사람들은 어릴 때 중요하게 여겼던 꿈이
나 목표 같은 것들보다 나이를 먹어가면서는 점점 하지 않을 자
유를 얻는 일을 더 이루기 어렵고 가치 있는 일로 여기는 건 아닐
까. 그래서 난 의사가 된 그 친구가 어릴 적 자기 방 벽에 이런 격
문을 붙여놓고 그렇게나 열심히 공부를 했던 이유를 충분히 수긍
한다.

'지금 노력하지 않으면 나중에 하기 싫은 일을 해야 한다.'

15.

그래.

살면서 하고 싶은 일을 하는 것은 중요하다. 그러나 하고 싶지 않은 일을 하지 않는 것은 어쩌면 더 중요하다.

16.

그래서 난 언제부턴가 스스로에게 이렇게 묻는다. 너 뭘 하고 싶니가 아니라 너 뭘 안 하고 싶니 하고.

17.

오늘도 그것을 위해 열심히 살아간다.

봉은사

오늘은 아무것도 빌지 않았어.
소원하는 것이 없어서 그런 건 아니야.
그저 좀더 씩씩해지고 싶었거든.

책임감

원래 집에 식물을 들이면 열에 열은 죽여 내보내는 편이라. 역시 난 그애도 잘 돌봐주지 못했다. 언젠가 내 방 책장 한켠을 묵묵히 지키던 어떤 녀석에 대한 얘기다. 나는 그애에게 그저 생각날 때마다 가끔 물을 주었을 뿐인데, 그때마다 녀석은 시들어가던 줄기가 싱싱해지며 거짓말처럼 다시 살아났다. 아마 그런 패턴이 무려 2년 가까이 계속됐을 것이다.

그애는 언제나 시들어 말라가다가 죽기 직전에야 게으른 내게서 식량을 공급받고는 가까스로 생명 연장을 하곤 했다. 외롭고 배고픈 삶임에 틀림없었지만 하필 나 같은 사람을 만난 죄로 녀석은 그렇게 살아갈 수밖엔 없었고, 유일한 생명줄이었던 나는 마치 무심하고도 무책임한 조물주처럼 녀석이 얼마나 괴롭고 불편했을지에 대해서는 알려고 들지 않았다.

그러던 어느 날 나는 유럽으로 열흘간 여행을 떠나게 되었는데, 그것은 우리(?)가 함께 있는 동안 내 가장 길었던 출타였으며,

꼭 그 기간만큼 녀석이 굶주려야 함을 의미했다. 이런 경험이 전무했던 나는 단지 화분 하나 때문에 다른 사람에게 내 집에 들러 물을 좀 주라 부탁할 생각 자체를 하지 못했고, 녀석은 꼼짝 없이 긴 시간을 굶어야 하는 신세가 되고 말았다.

열흘 뒤 서울. 공항에서 집으로 돌아오는 길에 이상하게 녀석 생각이 났다. 과연 살아 있을까. 큰 가방 두 개를 들고 집으로 들어선 뒤 나는 가장 먼저 내 방문을 열어보았다. 떠날 때까지만 해도 파랗던 이파리가 거의 황토색으로 바싹 말라비틀어져서는 녀석은 그렇게 죽어가고 있었다. 늘 이렇게, 나는 녀석이 내 방 안에서 나와 함께 살아가고 있는 존재라는 사실을 털끝만큼도 의식하지 못한 채 방치해두곤 했었는데. 그래도 늦게나마 물을 주면 어떻게든 살아나곤 하던 녀석은 이번엔 거의 가망이 없어 보였다. 나는 심상치 않은 예감에 늘 하던 대로 싱크대에서 수돗물을 받아다 화분에 부어주고는 설마 하고 며칠을 기다려봤지만 허사였다. 이번만큼은 다시 살아나지 못한 채 그대로 죽어버리고 말았던 것이다. 만약 식물에게도 영혼이라는 게 있다면 녀석은 나를 얼마나 원망하고 기다렸을까.

생각하면 아득한 기분이 든다. 나는 그 자그마한 녀석이 내 방에 있는지도 몰랐다가 어느 날 '발견'한 이후 그가 죽을 때까지 어떠한 따뜻한 관심조차 가져준 적이 없다. 늘 그랬듯 그렇게 사라져버리고 나서야 알량한 동정심을 갖는 것이다. 더욱 어처구니 없었던 건 식물이 죽은 후 나의 행동이었다. 나는 녀석이 죽어가던 임종 직전의 그 모습을 사진으로 찍어 기록을 해두려 하였다. 나는 글을 쓰는 사람이고, 내가 겪는 모든 일들은 나의 글감이 될 수밖엔 없다지만, 나 때문에 죽어간 녀석을 앞에 두고 이렇게 저렇게 구도를 달리하며 단지 피사체의 일부로밖에 대하지 못하는 모습에 나는 갑자기 심한 모멸감을 느꼈다. 나는 한 생물의 간절함을 끝내 외면한 것으로도 모자라 마지막 숨을 거두는 순간까지 조롱을 한 것이다. 나는 그제서야 카메라를 거두고 묵념했다.

같은 공간에서 함께 2년을 소리 없이 살다 간 너에게 늦었지만 평화를…… 그리고 참으로 염치없지만 그동안 미안했다고.

사람이 책임을 질 수 없는 대상에게 가질 수 있는 최소한의 책임감은 애초부터 그걸 소유하지 않는 것이라 생각한다. 그것이 내가 그렇게나 좋아해 마지않는 생물들을 10여 년째 기르지 않는 이유이며, 늦었지만 이제야 그 목록에 식물이 추가되었다. 앞으로 시간이 더 흐르면 사람도 추가가 될는지는 모르겠지만, 그런 일은 없게 되길 바라고 있다.

친구

애틋함도 있고
잘됐으면 좋겠는데
안 풀리니
답답하기도 하고
정말 잘되면
배 아플 것 같기도 하고.

위로

나는 진정성이나 진심, 순수함
이런 말보다는
인간적이라는 말을 더 좋아해.
앞의 말들을 들으려면
누군가의 의구심 어린 시선을 통과해야 하지만
인간적이란 말은
사람의 결함까지 포용해주는 것이기에
좀더 따스하고 숨통이 트이는 느낌이 들거든.

남들한테 순수하다는 말을 들을 정도로
오염 없이 깨끗한 사람보다는
때로는 잘못도 하고 욕심도 좀 부리고
그래서 욕도 먹고
그렇지만 이해되는 뭔가가 있어
미워할 수 없는 그런 사람이 더 좋아.

어느 날 가까운 분에게 물었어.
"저는 왜 이렇게 모르는 게 많죠.
이 나이가 되도록 아직도 사람들한테 자꾸만 뭘 물어봐요."
그랬더니 그분이 그러는 거야.
"그게 인간적이지 않나요?
세상엔 자기가 모르는 걸 모른다고 말할 수 있는 사람이 의외
로 많지 않아요."

내가 나 자신의 부족함을 탓하며 스스로에게 핀잔을 줄 때
그분은 그런 나를 인간적이라는 말로 위로해주셨지.

'당신은 인간적이다.'

칭찬인지는 모르겠으나
차갑지 않은 말임에는 분명한.

수많은 허물과 모자람을 갖고 살아갈 수밖에 없는
한 명의 평범한 사람으로서
자주 스스로를 채찍질하던 나는
그 한마디로 나를 긍정할 수 있게 되었어.

위로라는 것의 힘이 그렇게 크더라고.

근거 없는 믿음

그때, 나는 다른 세상에 가 있었다.

그 세상에서 나는 통증 없이 한 번에 열 걸음 정도밖엔 걷지 못했다.

뭐, 운 좋으면 스무 걸음도.

참 좋은 날이었다. 20년 넘게 해오던 일을 스스로 그만두고, 이제 또다른 새 인생을 꿈꾸며 더없는 희망과 활기 속에 평소 좋아하던 호텔을 찾았더랬다. 그곳 지하에 있는 바에서 친구를 만나기 위해.

옆에는 함께 있으면 좋은 사람이 있고, 곳곳에선 다양한 나라의 언어들이 들려오고, 친절하고 능숙한 서버들이 가져다주는 각종 위스키와 고전적인 칵테일들. 그곳에서 새벽녘까지 이어지던 예쁜 말들.

'잘해야 돼. 안 그러면 소중한 것들을 잃어버릴지도 몰라.'

그러나 내가 무엇을 잘못했던지, 그다음 날부터 나는 발이 아프기 시작하더니 거짓말처럼 하루에 걸을 수 있는 걸음의 수가 줄어갔다. 족저근막염인 걸까? 온갖 검사를 다 해보았지만 원인도 병명도 밝혀지지 않았다.

병원에 기대할 게 없어진 나는 필사적으로 인터넷 검색을 했다. 세상에 걷지 못하는 사람이 이렇게나 많았구나. 개중에는 심하면 5년이 넘게 차도가 없는 사람도 있었는데, 그때 그 사람의 말이 난 어쩐지 섬뜩했다. 누구나 발이 아플 수는 있는데, 그중에서 유독 운이 없는 사람들만이 오래도록 회복이 안 된다던. 그 말에 난, 설마 내가 그 불운의 주인공이 되는 건 아닌지 불안해하면서도, 불행에는 나름대로 익숙했기에 한편으론 체념하기도 하면서, 다만 이유는 알고 싶었다.

도대체 지금 제 몸에서 무슨 일이 일어난 거죠? 전 왜 이렇게된 거예요.

난생처음 타보는 휠체어. 삶이 통째로 바뀌어갔다. 가족과 나를 치료해주는 사람들 외에는 누구도 만나지 못하는 시간들. 게다가 난 단순히 걷지만 못하는 게 아니라 일종의 신경증 증상까지 함께 있어서 서 있지 못하는 건 물론, 앉을 수도, 엎드릴 수도 없었으니. 그때의 내겐 사람이 취할 수 있는 동작 중에 오로지 관에 들어간 시체처럼 바른 자세로 누워 있는 것 외엔 허락되는 게 없었다. 아,

눈이 벌게지도록 스마트폰 들여다보기도.

그런데, 허락이란 말이 합당한 것일까. 그렇다면 나는 그때 벌이라도 받았던 것인지.

웃긴 건 꼼짝 없이 누워 지내야만 했던 그 시간들이 견딜 만했다는 것이다. 아무도 만나지 못하고 차도 없어 미래는 불투명하기만 한데, 나는 이상하게 평소보다 웃음도 더 많아지고 시간도 잘 흘러갔다. 기약 없는 날들이었지만 울고 난리치고 그런 거 하지 않았다. 그저 딱 한 번, 엄마한테 미안해서 한 1초 울컥하다가 그마저도 바로 그치고 다시 티브이를 보며 웃었다. 한 번은 병문안차 전화를 걸어온 친구가 그러는 거다. 지금 이 판국에 어떻게 그렇게 목소리도 밝고 웃음이 나올 수가 있냐고.

안 답답해? 사람들 안 만나고 싶어?

그래? 그런가? 정말 나 왜 이러지? 나 왜 잘 지내지? 나 왜 별로 그렇게 바깥세상이 그립지도 사람이 고프지도 않지?

모르겠다. 그나마 성숙이란 걸 한 탓인지, 시련을 당한 사람 특유의 현실 부정인지 뭔지는 모르겠으나 나는 정말로 괜찮았는데, 다만 한 가지. 글을 쓰지 못하는 것만은 힘이 들었다. 참으로 역설적이게도, 아무것도 할 수 없게 되자 내가 가장 하고 싶은 것이 무엇인지가 드러났던 것이다. 밖에 나가 걷기는커녕 베란다에조차 나갈 수 없는 상황에서도 그런 것들은 다 견디겠는데 쓰지 못하는 것만은 정말로 힘이 들었다. 글을 쓰는 사람이니 당연한 거 아니냐고 할지 몰라도, 실은 발이 이렇게 되기 직전에 난 웬일인지 글쓰기가 싫어져서 꼭 출구 없는 곳으로 내몰리는 기분이었다. 권태기라도 온 것이었을까.

그러다 마침(?) 발이 아파졌고, 이런 처지가 되니 드는 생각들, 누워 공상을 하다 떠오르는 문구들, 그 와중에 떠오르는 아이디어 등을 어떻게든 써두고 싶은데 그럴 수 없어 드는 안타까움이 나는 차라리 반가웠다. 난 끝내 하고픈 게 없는 놈인 것만 같아 낙담했었는데, 걷는 것보다 더 하고 싶은 일이 있다는 게 얼마나 기꺼운 마음이던지.

시간은 성실하게 흘렀다. 다른 많은 일들이 그랬듯 이번 일도 시간이 더 지나면 추억이 될 수 있을까. 글쎄 그럴 수는 없을 것 같다. 어느 날 갑자기 이유도 모른 채 화장실도 게처럼 팔로 기어가야 했던 그런 일을 무슨 추억씩이나.

그렇지만 그때, 온전히 혼자가 되었어도 무너지지 않으려 나 스스로를 끊임없이 격려하던 순간만은 잊을 수 없을 것 같다. 그때 난 '지금 내가 더딘 회복에 때로 실망한다 해도 그건 아픈 사람의 자연스러운 감정이지 결코 네가 나약한 탓은 아니'라고, '아무것도 늦지 않았고 너의 잘못은 더더욱 아니'라고 매일 나에게 되뇌며 그렇게 하루를 견뎠다. 내게는 무엇보다, 이렇게 갑자기 다시는 걷지 못하게 되어 삶을 저주하라고 태어나진 않았을 거라는, 근거는 없지만 확신에 가까운 믿음이 있었다. 세상에는 정말로 아무 잘못도 없이 불행에 빠지는 사람들이 있고 나라고 그렇게 되지 말라는 법은 없지만, 내가 나를 믿는 데 근거가 필요할까? 설사 그 믿음이 아무런 과학적 종교적 근거가 없는 것이라 해도 말이다.

나는 많은 고마운 분들의 도움을 받아 점차 몸이 회복되기 시작했다. 나에 대한 그 근거 없는 믿음이 위력을 발휘한 것은 물론이다.

3부

우리가 보낸 가장 긴 밤

룰rule

그는 어떤 사람이냐면 같이 스포츠 중계방송을 보다가 석원씨는 테니스 쳐본 적 있어요? 하고 묻길래 네 어렸을 때 한 3년 배웠습니다라고 대답을 하는데도 아랑곳없이 '설명'을 시작하는 사람이었다. 테니스라는 운동에 대한 아주 기초적인 것에서부터 심지어 이미 내게 한 적이 있던 이야기까지.

우리의 대화가 종종 이런 식이다보니 난 그분과 있을 때면 가끔은 벽하고 이야기를 나누는 기분이 들곤 했다. 전형적인, 내 솔직한 이야기를 꺼내는 순간 (그거 저도 아는 얘긴데요……) 분위기가 어색해지는 관계. 그래도 인맥이라는 허울 때문에 수첩에서 쉬 지우지는 않는.

문제는 그래서 야. 이런 사람이 어떻게 사람을 사귀고 친구를 만날까, 하는 의문이 드는데 현실은 그가 나보다 대인관계도 비교할 수 없을 만큼 넓고 그 모든 이들과 더욱 잘 지낼 때. 이렇게 되면 헛갈릴 수밖엔 없는 거다. 그럼 그 사람이 아니라 내가 문제인 걸까? 아니면 그저 우리 둘의 궁합이 안 맞는 거?

살면서 이런 경우가 꽤 있는데 그럴 때면 난 생각한다. 세상은 도대체 어떤 룰에 의해 돌아가고 있으며 왜 나는 그 룰을 잘 모르는 건지.

인과응보

나는 아무리 작은 일이건 남에게 뭔가 주는 게 있으면 나 역시 같은 걸 돌려받게 된다는 일종의 인과응보의 법칙을 믿는다. 그 믿음은 경험에서 비롯된 것인데 아래의 이야기도 그중 하나의 사례이다.

어느 날 어떤 사람이 지인을 통해 만나고 싶다는 전갈을 보내 왔다. 너의 글을 좋아한다며 꼭 한번 보고 싶다 했다. 왜 그런지 책을 내면 가끔 이런 일들이 생기는데…… 아무튼 난 그 제안에 응하지 않았고, 그가 나의 거절에 그렇게까지 큰 불쾌감을 느낀 줄은 시간이 오래 지나서야 알았다.

나는 성인이 되어 거의 일생을 다른 사람의 평가를 받으면서 살아왔다. 내가 만든 것들이 사람들의 인정을 받아 지갑을 열게 하지 않으면 살아남을 수 없는 직업이라 그랬다. 그래서 나는, 내가 만든 내 작품들로 평가를 받았으면 받았지, 내 생김새나 개성, 내 성격까지 평가의 대상이 되고 싶지는 않았다. 사람은 누굴 만나면 어떤 식으로든 점수를 매기게 되는지라, 난 인간으로서는 그 대상이 되고 싶진 않았던 거다.

한번은 내 첫번째 책 『보통의 존재』를 읽고 자기도 너처럼 담담하게 세상을 살고 싶다며 꼭 좀 만나자고 하는 분 때문에 당황했던 적도 있었다. 난 담담할 때도 있지만 평정심이 무너질 때도 있는 그냥 평범한 사람에 불과했으니까. 책 속에 담긴 나는 무수히 다듬어지고 선택된 그저 내 일부일 뿐이니까.

그렇게 나는, 누군가 만남을 청했을 때 가끔은 응할 때도 있고 또 그러지 못할 때도 있었는데 혹 후자의 경우를 택하게 되더라도, 나의 태도에 아무런 잘못이 없다고 믿어왔다. 내가 무례를 범한 것도 아니고 남에게 피해를 준 것도 아니었으므로.

그런데 인과응보의 법칙은 이번에도 어김없이 나를 찾아왔으니. 언젠가 어떤 작품을 계획하면서 내 구상에 꼭 들어맞는 한 사람을 발견하곤 기뻐 연락을 취한 적이 있었다. 나 이런 사람인데 한번 만날 수 있겠냐고. 당신의 실력이 꼭 필요해서 그런다고. 그런데 별다른 이유도 듣지 못한 채 나는 거절을 당하고 말았다.

뭐지? 이런 기분이었나?

나중에 그럴 수밖에 없었던 사정을 알게 되긴 했지만 이유가 무엇이건 거절을 당하는 기분은 별로 좋지만은 않았다. 아무것도 아닌 내가 만나잔다고 해서 상대가 무조건 응해야 한다는 법이 없다는 건 잘 알고 있었지만, 그래도 사람 마음이 그런 게 아니더라. 솔직히 말하면 나는 그가 괘씸하다는 생각까지 들었고 바로 그때 불현듯 내게 만남을 청했다 거절을 당했던 그 사람이 떠올랐던 것이다. 그도 내게서 이런 기분을 느꼈을 거라 생각하니 한편 미안하다는 생각이 들었던 거다.

만약 그때, 내가 거절의 이유를 조금만 소상하고 예의바르게 전했더라면, 낯을 가리는 성격 탓에 그런 자리에 나서려면 적지 않은 용기와 시간이 필요한 사람이라는 사실을 직접적이고도 정중히 설명했더라면, 그 사람이 그렇게까지 불쾌해하지는 않았을 텐데. 나는 뭔가 분명하게 이유를 대고 거절의 의사를 밝혔던 것이 아니라 그저 말을 전한 이에게 이런저런 핑계를 대며 상황을 피하기만 했었다. 거두절미하고 노를 당하는 기분이 어떤 건지, 거절에도 예의가 필요하다는 사실을 그때는 몰랐던 거다.

살다보면 나도 모르게 누군가에게 상처를 주게 될 때가 있다. 바로 그럴 때, 정말로 나는 아무런 잘못이 없고 타인에게 어떤 피해도 준 적이 없다고 믿는 그런 류의 확신은 얼마나 위험하던가.

뭐, 다들 알고 있는 이야기겠지만 말이다.

이유

좋아하게 된 이유 중 하나만 말씀해주신다면?

지기 싫어하는 사람이더라고요.

그런데요?

그렇게 지기를 싫어하니 이 만만치 않은 세상에서 얼마나 많이
지고 살았겠어요.
그렇게 살아왔을 생각을 하니까 나라도 져주고 싶다.
나라도 맨날 져주면서 저 사람 옆에 있어야겠다.

뭐 그런 생각이 든 거죠.

그게 시작이었어요.

상담

어느 날 이제 막 연애를 시작한 후배가 상담을 청해왔다. 만난
지 얼마 되지도 않았는데 상대방 여성이 여행을 가버렸다는 것이
다. 기간이 한 달이라 내 보기에도 짧지 않아 어찌된 거냐 물으니
자기를 만나기 전부터 계획했던 것이라 어쩔 수가 없다고 했다.
휴일도 없이 격무에 시달리던 그녀에겐 4년을 별러 얻은 긴 휴가
였고, 후배는 이제 막 시작한 연애의 달콤함을 누리지 못해 속이
상해 있었다. 녀석은 떠난 거야 어쩔 수 없다 쳐도 자길 정말 좋
아한다면 기간을 좀 줄여서 중간에 돌아와줄 수 있는 것 아니냐
며 그게 못내 서운한 눈치였다. 그래 가만히 듣고 있다가 애초에
같이 가지 그랬냐고 하니 직장 때문에 안 된다고 해, 그럼 잠깐이
라도 가서 보고 오랬더니 그마저도 안 된다며 입이 쭈욱 나온다.
난 그런 후배에게 더 무슨 말을 해주어야 할지 몰라 그냥 들어만
주고 있는데 마침 그쪽에서 전화가 걸려와 본의 아니게 둘의 통
화를 엿듣게 되었다. 한데 이 녀석, 처음엔 상대의 안부를 묻는가
싶더니 그뒤론 전화를 하는 내내 돌아오라고 성화를 하는 게 아
닌가.

하, 이 철부지를 어쩐다.

통화를 끝낸 후배에게 왜 그렇게까지 하냐 물으니 녀석은 그녀가 자기를 별로 좋아하지 않는다고 믿는 것 같았다. 나는 말했다. 너의 그런 투정을 다 받아주는 걸 보면 그렇게 안 좋아하는 것 같지는 않아 보인다고. 후배는 자신을 좋아하는 대가로 상대가 중요하게 생각하는 뭔가를 포기하길 바라고 있었다. 그것이 사랑의 증명이라고 믿는 것일까. 그렇다면 왜 그 증명을 상대방만 해야 하는지?

끝내 자신이 피해자라도 되는 양 서운해하는 후배를 보면서, 상대로 하여금 미안하다는 생각을 자꾸만 하게 만드는 사람은 피해자가 아니라 차라리 가해자에 가깝다는 생각을 지울 수 없었다.

"참 신기한 사람인 것 같아요. 하늘에서 떨어진 것처럼."

관계란 건 도시 어느 일방에 의해 규정되기 어려운 쌍방 간의 합작품이다. 늘 미안해라는 말이 오가는 사이라면 그 말을 하는 쪽이나 하게 만드는 쪽이나 모두 그 문제적 관계의 공범이란 얘기다.

관계에 있어서 미안하다는 말은 사랑한다는 말보다 훨씬 더 중요한 변수가 되기 마련인데, 캐롤과 테레즈. 이 숨막히도록 아름다운 커플은 어떤 상황에서도 서로를 비난하거나, 무엇보다 상대가 미안해하도록 놔두지 않는다는 점에서 나의 많은 부러움을 샀다. 이제 두 번밖에 보지 않아서 정확히 세어보진 않았지만 캐롤이 테레즈에게 미안하다는 말을 몇 번인가 하긴 한다. 그러나 두 사람 다 서로를 연애 관계에서 흔한 가해자나 피해자가 되도록 놔두지 않으며 그저 동등한 존재로서 관계를 성숙시켜갈 뿐이다.

사랑하는 아이의 양육권을 앞에 놓고도 동성애자로서의 자기

모습을 속이거나 부정하지 않는 캐롤의 모습이며, 자기는 거절이
란 걸 할 줄 모른다며 괴로워하던 테레즈가 그토록 기다리던 캐
롤이 권하는 담배를 마침내 거절하던 장면은 얼마나 가슴 찡한
순간이던가.

흔히 관계라는 건 헤어지고 나서야 얻게 되는 온갖 깨달음들을
엉뚱하게도 다음 사람에게 베풀게 되는 경우가 허다한데, 이 두
사람은 관계를 지속시켜가는 중에 이처럼 각자 자신을 성장시켜
가며 본인의 성숙이 관계 자체의 성숙으로도 이어지니, 그야말로
완벽할 정도로 건강한 사랑이 아닐는지. 때문에 관계의 만년 열
등생인 나에게 캐롤과 테레즈는 그야말로 교과서 같은 커플처럼
이상적으로 다가왔다.

일생 단 한 번 가능하거나 어쩌면 평생 경험해보지 못할 그런
사랑.

물론 그래서 영화인 건지도 모르지만.

사랑

그거 알아요?
사람은 자기 얼굴을
거울을 통하지 않고서는
실제로는 결코 볼 수 없다는 거.

그럼 그것도 알겠네요?

누가 세상에서
나의 얼굴을
가장 자세히
또 많이 들여다보는 사람인지.

그렇게 보다 보다
끝내는 나의 거울이 되어가는지.

어떤 사람들은 그걸 사랑이라 부르더라고요.

저마다의 사랑

네. 저는 그 운명적인 사랑이라는 것에 조금 다른 생각이 있어요. 솔직히 그런 게 영화나 소설이 아닌 현실에서 얼마나 존재할는지 모르겠거든요. 어렸을 때는 누구나 온갖 사소한 것들에 의미를 부여하며 자기 사랑이 대단하고 운명적인 것이라고 믿다가, 커가면서 점점 인연이란 게 그렇게 거창한 건 아니라는 걸 알아가는 게 아닐지요. 적어도 제 경험에 의하면 누군가와 맺어지게 되는 계기란 것도 뭔가 거창한 것보다는 사소한 것들이 더 많았고, 그 모든 일들이 시드는 과정도 무슨 대단한 사건은 없었어요. 그저 어느 날 상대가 밥 먹으면서 내는 소리를 더이상 참아줄 수 없게 되었을 때, 이별은 그렇게 갑자기 내리는 눈처럼 찾아오더라고요. 만나는 것도 그래요. 많이 좋아했던 어떤 아이는 오랫동안 알고 지내던 동생이어서 서로 좋아할 가능성이 없던 사이였어요. 그런데 어느 날 뜬금없이 내 꿈을 꿨대요. 그것도 야한 꿈을. 그래 그게 뭐야 웃긴다 푸하하 서로 이러다가 연인이 되었어요. 그러곤 남들처럼 지지고 볶다가 지금은 다시 전처럼 친구로 지내게 되었죠. 다른 사람들의 만나고 헤어지는 풍경을 봐도 인연이란 건 그 자체로는 정말 귀한 거지만 어떤 면에서는 그리 대단한 사건은 아닌 것 같다는 생각이 들어요. 좋아해서가 아니라 미안해서 사람을 사귀는 경우도 보았고 단지 한동네에 산다는 이유만으로 만나서 9년 넘게 사귀는 커플도 보았죠. 유학 가서 외로워 미칠 것 같아서 필요에 의해 커플이 되는 경우는 또 얼마나 많던가요. 물론 계기가 사소하다고 해서 그 연 자체까지 사소하다고 말할 수는 없는 거겠지요. 그래서 전 사람들에게 쉬 지탄의 대상이 되는 무슨 재벌이나 유명한 사람들의 연애도 그게 다 가짜 사랑이라고 생각하진 않아요. 그 사람의 배경이나 졸업장 따위가 사랑의 계기가 된들, 이른바 조건이라는 것도 그 사람의 일부일 텐데 그게 과연 그 사람과 완전히 분리가 될 수 있는 것인지 잘 모르겠거든요. 모든 걸 떠나서, 누가 무슨 자격으로 너희들은 진짜다 아니다 남의 사랑을 판별할 수 있을까요. 단발머리에 홑껍풀만 만나면 금방 눈에서 하트가 나오는 저 같은 금사빠도 있는 것처럼, 인연의 계기와 종류는 무궁무진, 다 저마다의 사랑이 있는 것 아니겠습니까. 그러니까 제 말씀은 사랑은 운명이나 환상이라기보다는 참으로 현실의 일이라는 건데, 이런 제 견해가 너무 매력이 없었다면 미안합니다.

운명

나는 2018년 3월 20일 저녁 8시 45분에 광화문 시네큐브 2관에서 〈쓰리 빌보드〉라는 영화를 보았다. 2관은 좌석이 100석도 되지 않는 작은 상영관이다. 미리 예매해둔 오른쪽 맨 뒷줄의 구석 자리에 앉아 막 영화를 보려는데 내 바로 옆자리에 뒤미처 남녀 커플 한 쌍이 들어와 앉더니 그중 남자애가 영화를 보는 내내 어이구, 저런 하며 추임새를 넣었다. 나는 이 영화를 집중해서 보고 싶었기 때문에 일어나 반대편 문가 쪽으로 자리를 옮겨 계속 영화를 보았다. 이번에는 뒤에 앉은 아저씨가 잊을 만하면 한 번씩 발로 의자를 차서 혈압이 올랐지만 더 옮길 곳이 없어 그 자리에서 그냥 끝까지 영화를 보았다. 다행히 아저씨는 잠이 들었는지 발길질은 잦아들었고, 고대했던 것만큼 영화는 감동적이었다. 그 여운이 퍽이나 깊어 나는 크레딧이 다 올라갈 때까지 자리를 지키다 차를 몰아 집으로 돌아가고 있는데 뜻밖의 문자가 한 통 오는 것이었다.

'〈쓰리 빌보드〉 어떠셨어요?'

이상하다. 난 혼자 영화를 봤는데 이게 누구지? 순간 약간 들
뜬 마음으로 휴대폰을 열어 내용을 확인해보니 네이버에서 온 것
이었다. 지금 평점을 등록하면 네이버페이 500원을 준다고 했
다. 500원······. 너희들 참 신선한 방법으로 사람을 초라하게 하
는구나.

나는 허탈한 마음에 그 500원을 포기하고 그냥 집으로 돌아갔
다. 중간에 신호 대기에 걸려 꽤 오랫동안 도로 위에 서 있을 일
이 있었는데, 좀 전에 그 문자를 받고선 잠깐이나마 설레었던 나
를 생각하니 웃음이 나왔다. 인연은 운이 아닌 노력의 소산이라
생각은 하면서도, 여전히 마음 한구석엔 언젠가 벼락과도 같은
로맨스가 찾아오길 기대하는 마음이 있었던 걸까. 한날한시에 같
은 극장에서 같은 영화를 봤다는 우연이 맺어줄 운명 같은 사랑
을? 신호등의 파란 불빛이 켜질 듯 말 듯 하며 한참을 애를 태우
고 있었다.

그 언젠가 꾸었던

밍크처럼 사랑하고 새끼 낳는 단꿈

나의 행운

10년 만에 네게서 연락이 왔을 때
나는 세상에 벌어지지 않는 일이란 건 없다고 생각했어.
그러곤 10년 반 만에 너를 다시 만났을 때
세상엔 변하지 않는 것도 있다는 것을 알았지.

그날의 짧은 해후를 마치고 나는
이 모든 게 가슴이 시리도록 아픈
나의 행운이려니 하고 믿었다.

너는 내게 말했지.
네가 그토록 오랫동안 나를 잊지 못하는 건
환상이라고. 나는 그 환상을 깨주기 싫었다고.

그래. 나도 알어.
하지만 너 말고는 누구도 내게 그런 환상
심어준 사람 없는걸.

사람이 사람을 좋아하고 사랑하는 일은
그 이유가 무엇이건 진짜라고 생각해.

추억 때문이라서, 부자라서, 환상이라서
그게 사랑일 수 없는 이유가 된다고는 생각하지 않아.
그 모든 게 다 너와 나를 이루는 것들이니까.

그래서 난
이렇게 다시 만난 너와
또 기약 없는 이별을 해야 하지만
그저 이 모든 일들이
가슴이 시리도록 아픈
나의 행운일 뿐이라고 믿는 거야.

자,
그럼 잘 지내고
10년쯤이나
뒤에
또.

어느 크리스마스의 기억

저는 사랑이 이뤄졌다든가, '결실'을 맺었다는 식의 말을 들으면 어쩐지 어색한 기분이 듭니다. 보통 결혼을 하게 되면 그런 표현들을 하는데 사실 결혼은 또 다른 사랑의 시작일 뿐 그게 무엇인가의 종착역이 될 수는 없다고 생각하거든요. 관계라는 게 꼭 어떤 결론을 얻고, 무슨 성과물을 내기 위해 이뤄지는 건 아니니까요.

언젠가 성탄절 즈음에 소개팅을 한 적이 있어요. 평생 해본 소개팅이 몇 번 안 되는데 그중 하나였죠. 벌써 시간이 꽤 지난 일이라 자세한 기억은 나지 않지만 황당했던 건 상대가 곧 미국으로 이민을 갈 사람이었다는 겁니다. 그래도 만나보겠냐는 주선자의 말에 잠시 고민하던 저는 '에라, 크리스마스에 홀로 궁상떠느니……' 하고 오케이를 했던 것 같아요. 그때만 해도 지금보다는 어렸을 때라 크리스마스를 홀로 보낸다는 건 생각보다 공포스러운 일이었거든요. 그렇게 우리는 한 번을 만났고 누가 애프터를 했는지는 기억 안 나지만 아무튼 두번째 만나게 되었는데 그때가

'아마' 크리스마스 당일이었고 그 사람은 이틀 뒤인가 출국을 하게 되어 있었을 거예요. 그러니 도대체 이 두 사람은 서로를 좋아하게 되어도 문제인 것이고, 안 좋아할 거라면 이 만남의 의미는 무엇인지…… 그야말로 참 애매한 만남이었죠. 그래도 우린 그날 밥도 같이 먹고 제가 누군가를 만나면 무조건 하는 코스인 서점에 가서 같이 책도 고르고 미술관 라운지에 가서 따뜻한 차도 마시고 드라이브도 하며 데이트로써 할 건 다 했어요. 처음 만났을 때보다 비교할 수 없을 만큼 많은 웃음을 터뜨렸던 우리는 어느새 많이 친해 있었죠.

뭐, 그것뿐이었지만요.

내일이면 떠날 사람이랑 더 무엇을 할 수 있겠어요. 우리한텐 미래가 없었던 것을. 그렇게 우리는 남들이 말하는 어떠한 '결실'도 볼 수도 없었지만 가끔 생각나요. 그날, 그 만남. 그리고 헤어지면서 우리가 나눴던 서로의 눈빛.

만남이란 게 꼭 어떤 결론을 맺어야 하는 건 아니니까 이걸로 충분한 거겠죠? 아니, 세월이 이렇게 흘렀어도 좋은 기억으로 남았으니 이것도 결실이라면 결실일까요? 부질없는 추억담으로 오늘도 말이 길었습니다.

메리 크리스마스.

감정

지금의 내 감정이
진짜인지 아닌지를 고민하는 것이
무슨 소용 있겠어

이미 그 감정에 이끌려 행동하고 있고
진실이 무엇이든 그 행위를 멈출 수 없다면

고요

나를 사랑했던 이들은 하나같이 나에게
자기가 생각했던 그런 사람이 아니었노라고 말하면서도
계속해서 사랑하길 멈추지 않았다

그런 모습들을 통해 나는
사랑이란, 상대와는 상관없는 자신만의
문제임을 알아갔던 것 같다

이제 모든 것이 소멸하고
정적이 찾아온 지금
그들 모두는 각자의 길고 지난했던
문제를 비로소 끝낸 것처럼
보인다

언젠가,
다시 어떤 폭풍에 휩싸일는지는 모르겠으나
어찌됐건 나는
지금의 이 고요가 좋다

우리가 보낸 가장 긴 밤

그래
우리 사이는 그렇게 침식되어가고 있었지.

마치
폭탄 돌리기를 하는 사람들처럼
서로 누구 입에서 먼저 안녕이란 말이 나올까
기다리며 떠미는 사람들 같았어.

그러곤 끝내 헤어졌지.

언젠가
처음 너의 번호가 내 휴대폰에 뜨던 날
난 그런 생각을 했어.
숫자라는 건 이렇게 함께 있으면 리듬을 가지는구나.
사람도 그럴 수 있을까?

시간은 흘렀어.

널 원망하냐고?

아니
난 그저
우리가 함께하며 만들어냈던
그 어떤 호흡
그것만 기억해.

그 언젠가 부처님 오신 날에
하늘에 연등이 가득했던 날
밤길을 함께 걸으면서
우리가 만들어냈던 리듬
그것만 기억해.

4부
배려

극복

나는 지금껏 나의 문제들을
이겨내는 것만이
능사라고 생각해왔어.

그래서 되지 않고
할 수 없는 것을
스스로에게 강요하는 일이 많았지.

가령 나는 사진 찍히는 일을 정말 싫어하는데
언제나 그걸 내가 이겨내고 적응해야 하는 일로 여겼기에
번번이 다시 시도하고 상처받는 일을
무려 20년 가까이 반복해왔어.

사람이 어떤 일을 그 정도 오래 해봤는데 되지 않는다면
나는 그게 안 되는 사람이다 인정하고 안고 갈 수 있는
지혜도 필요한 법인데 그러지를 못했고

그 덕에 나는 많은 스트레스와 상처를 받았지.

놀랍게도
아직도 새 책이 나와 인터뷰 제안 같은 걸 받을 때면
나는 똑같은 과정을 반복해.

인터뷰라는 건 사진 촬영이 동반되는 일이고
그걸 하면 얼마나 힘들어질지 알면서도
또다시 도전하고 이겨내야 한다는
생각에 사로잡히지.

나부터도 그렇고 한국 사람들은 극복의 서사를 참 좋아해.

하면 된다. 안 되는 건 되게 하라.

그러나 안 되는 건 안 되는 거잖아.

안 되는 걸 되게 할 수는 없다는 걸
이미 수십 년간 증명해온 데이터가 있는데
또 이렇게 미련을 떤다는 게 참……

어떤 일이건 간에

충분히 오랜 시간을 들여 노력했는데도 되지 않는다면

더는

자신에게 하기 싫은 것을 강요하거나

스스로를 비겁자로 모는 일은 하지 않는 게 옳은 것 같아.

적어도 나는 그렇게 생각해.

생명

티브이 속 한 사람. 그는 8층짜리 건물 옥상 난간 위에 아슬아슬 위태롭게 걸터앉았을 때라야 비로소 사람들의 관심을 받는다. 마침내 뛰어내리려는 그를 신참 순경이 뛰어들어 구해낸 뒤 쾌재를 부르지만, 그렇게 또 한 목숨이 살았으나 그렇다고 달라지는 건 없다. 그가 뛰어내렸어야만 했던 이유는 사라지지 않았기 때문이다.

누구도 자살을 감행하려다 구조된 사람의 그 이후의 삶을 들여다보려 하지는 않는다. 어쨌든 구조가 되었으니 이제 남은 것은 본인과 그 가족들의 몫일 것이다. 가족이 있을지는 모르겠지만.

한강에 있는 다리들에 가면 강물로 뛰어내리려는 사람들을 살리기 위한 각종 구호들이 써 있는데, 그중에서도 죽을 용기로 살자라는 말만큼 무참한 말은 없어 보인다. 죽을 용기로도 도무지 삶을 감당할 수 없어 거기까지 내몰린 사람들 아닌가.

사람은 사람답게 살아야 사는 것이지 생명이 붙어 있다고 다 살아 있다 말할 수 있는 건 아니라고 생각하기에, 나는 낙태를 금지한다는 행위를 이해하지 못한다. '뱃속의 태아도 생명이니까 그걸 지우는 것은 죄'라고 말하는 사람들 중 그렇게 해서 태어난 아이들이 어떤 삶을 사는가에 관심을 두는 사람을 찾아보기 어려운 것은 왜일까.

자살하려는 사람들을 다 죽게 내버려두자는 얘기가 아니다. 살린 이후를 봐야 하고, 누군가 내 눈앞에서 당장 죽음을 모면했다고 해서, 그의 죽음 같은 삶이 멈춘 것은 아니라는 것이다. 나는 그래서 무작정 생명의 소중함만을 부르짖는 사람들의 구호가 때로는 잔인하게 들린다.

미니멀 라이프

언제부턴가 미니멀 라이프라는 삶의 방식이 유행하면서 가장 먼저 정리해야 할 것들 중에 책을 꼽는 이들을 종종 본다. 언젠가 다시 읽을 가능성이 있는지 여부 등의 기준에 따라 처분을 집행하거나 혹은 유예를 하는 식으로 분류를 한다는 것이다. 글쎄, 불필요한 것들은 버리고 단순하게 살자는 이러한 생활의 방식이 공감을 얻는 것은 이해할 수 있다. 허나 내 책장은 나의 안목과 감각, 그리고 무엇보다 취향과 기분의 전시장이다. 그곳에는 나를 설명하고 나를 상징하며 나를 드러내주는 내 지나온 수십여 년간의 모든 선택의 결과물들이 진열되어 있는 것이다. 나라는 사람의 직업적 정체성이야 단어 하나로도 충분히 규정될 수 있겠으나, 정말로 내가 어떤 사람인지는 나의 취향과 선호를 떼어놓고서 판단하기는 어렵다.

누군가를 명함 한 장으로 파악하거나 설명하기란 쉽지 않다는 얘기다.

그러한 한 개인의 역사적 기록물들을 놓고서, 향후 몇 년 안에 읽을 가능성이 있는가 없는가 등의 지극히 실용적이고도 현실적인 기준으로 분류를 하여 기준에 미달한 아이들을 떠나보내는 것은, 적어도 내가 본받고 싶은 생활의 방식은 아니다. 애초부터 읽는다는 행위를 하기 이전에 책을 사는 기쁨과 소유하는 행복을 누리기 위해 산 것이니만큼 앞으로도 나는 계속해서 그 행복을 이고 지고 살 것이다.

더는 집에 책을 놔둘 공간이 없어 그러는 사람도 있을 테고, 단돈 몇 푼이 아쉬워 아끼던 책을 파는 사람들도 있겠지만…… 인생의 수없는 기쁨과 슬픔의 순간들마다 내 마음속 허기를 차분히 달래주던 녀석들을…… 누군들 쉽게 떠나보내는 것일까마는, 나는 정말로 그러기가 어렵다.

엄마와의 외출시
내가 주로 받는 스트레스 항목

택시가 이미 좌회전을 하고 있는데 직진 요구하기.

가는 동안 택시기사 아저씨한테 쉬지 않고 길 설명, 아니 길 가르치기.

거리나 백화점에서 마주치는 수많은 모르는 사람들에게 끊임없이 말 걸기.

집으로 돌아와서는 이미 정리가 되어 있는 내 방을

자기 식으로 다 다시 정리해서 뭐가 어디에 있는지 전혀 알 수 없게 만들기 등등.

반면

같은 경우에 엄마는 어떨 때 나 때문에 스트레스를 받는지에 대해서는

아직 파악한 바가 없다.

뭐, 셀 수 없이 많겠지.

사랑과 이해

　내가 엄마를 힘들게 했던 일의 종류와 양은 평생 헤아릴 수 없이 많겠지만 엄마 때문에 내가 미치겠는 건 이거다.

　엄마는 엄마의 방식대로 나를 챙기고 사랑할 수밖에 없다는 것.

　다시 말해 상대가 원하는 것을 주기보다 자신이 주고 싶은 것을 주는, 그래서 그게 받아들여지지 않으면 실망하고 때로는 화를 내기도 하는, 그런.

　나는 지금 엄마의 '위대한' 사랑에 대해 토를 다는 것이 아니다. 사람이 사랑을 하는 방식의 극히 일부에 관해 말하고 있을 뿐.

　예를 들면 이런 거다.

(우리) 엄마는 자식들에게 문제가 생기면 그걸 자기가 해결해 주어야 한다는 의지가 너무도 강력하게 발동한다. 그래서 엄마만의 각종 노하우들이 담긴 해법들을 마구마구 제시하곤 하는데, 문제는 그걸 받아들이는 사람이 선별해서 받아들일 수 있어야 하건만, 엄마는 어느 것 하나라도 반응이 시원치 않으면 너무 표나게 실망을 하는 거라.

가령 내가 허리 통증에 시달리면 할머니들이나 하고 다니는 복대를 내준다든지……

그럴 때, 내가 이런 걸 어떻게 하냐고 한마디라도 하면 금세 시무룩해하는 엄마를 보며 엄습하는 나의 스트레스. 그래 아파죽겠는 와중에 엄마의 기분까지 살펴야 하는 상황이 때론 힘에 겨워 이렇게 하소연을 한 적도 있다.

"엄마. 엄마는 내가 낫는 게 중요해, 아니면 엄마의 방식이 받아들여지느냐 아니냐가 더 중요해?"

나의 이런 철없는 강변에 엄마는 애 너는 그걸 말이라고 하니? 하며 펄쩍 뛰시지만, 글쎄. 나는 엄마도 엄마이기 전에 한 명의 사람이기 때문에, 사랑하는 마음과는 별개로 본인의 선택과 판단이 인정되고 통하는 것을 보고 싶어하는 마음이 들 수도 있다고 생각한다.

엄마도 사람이니까.

왜 연인 사이에도 그런 일이 있지 않은가.

한쪽이 이가 아파 음식을 잘 못 먹어 다른 한쪽이 정성껏 죽을 쒀왔는데, 하필 그 죽에 들어간 전복이 질겨 아픈 이가 그 죽을 먹지 못하자, 죽을 쒀온 이는 실망해서 토라지고 화를 내면, 하는 수 없이 아픈 이는 아픈 이를 부여잡고 그 질긴 전복을 먹느라 안 그래도 아픈 이빨이 아작이 날 때…… 그래서 죽을 먹는 이는 내가 지금 정말로 사랑과 보살핌을 받고 있는 것인지, 아니면 벌을 받고 있는 건지, 이 죽(사랑)은 누구를 위한 것인지 (어리석게도) 헷갈리는 그런 때.

그래서 끝내 다툼이 벌어지다 이런 볼멘소리가 나오기도 하는.

"자기는 누굴 배려할 때도 그 사람을 위해서가 아니라 그 사람을 걱정하는 당신 자신을 위해서 배려를 하는 것 같아."

뭐, 사랑이란 게 자주 이런 모습을 띠기도 하니 그것을 사랑이 아니라 할 수는 없겠지만, 그래서 울 어머니는 어린 시절 나를 그렇게 억압하고 과보호하는 것이 나를 위하는 길이라 믿어 그리하셨을 테지만, 세월이 흘러 지금. 스케일은 달라졌지만 맥락은 비슷해서 엄마가 권하는 무슨 노인들이 주로 다니는 병원에 내가 가지 않으면 당신의 권유와 판단을 자식이 받아들이지 않는 것에 실망하고 풀죽어하는 모습에 그 사랑의 수혜자인 나는 스트레스를 받는 그런 사랑.

사랑이 아닌 것은 아니나 어떨 땐 조금은 힘든.
그러나 두말할 필요 없이 사랑이 아닌 것은 아닌.

그래.
그래서 뭐. 그럼 너는 안 그러니?
너도 엄마가 원하는 자식이 되어주지 못했잖아.
너도 너만의 방식으로밖에 엄마에게 사랑을 주지 못했잖아.
엄마가 원하는 것, 엄마가 받고 싶어하는 것 해준 적 거의 없잖아.

맞아. 나도 그래. 알아. 인정해.

그래서 난 엄마를 이렇게 이해해가.

평생에 걸쳐서.

대화

누군가 내게 말했어요.
어느 철학자가 말하길
누굴 사랑한다는 것은
그가 존재하게 하는 데 기여하는 것이며
그가 부재할 수도 있는 세상의 가능성을 인정하지 않는 것
이라 했다고.

그리고 그 사람은 덧붙였죠.
그것은 참
두려울 만큼 멋진 말이었다고.

그래요?

그렇구나.

저는 그 말을 듣고 그 사람에게 이렇게 대꾸했어요.

나는 오히려

누군가를 사랑한다는 건

언젠가

그가 부재할 수밖에 없는 현실을 기다리는 일이라고 생각하는데

라고.

원망에 대하여

어느 집이든 부모 자식 간에 갈등이 있고, 주고받는 상처들도 있다. 나는 어머니한테서 받은 상처를 내 나이 사십, 어머니 나이 일흔이 넘어서 그것도 책이라는 형태로 평생 처음 고백을 했다. 그런데 그걸 읽으신 어머니는 내가 너한테 그렇게 했는지 기억이 나지 않는다고 하시는데 무슨 해결이 나겠는가. 그때는 기가 막혔지만, 다만 그러면서 엄마는 말하셨다. 내가 그랬다면 미안하다고. 엄마가 열세 식구 대가족의 맏며느리로 시집와서 정신없이 사느라 너희들을 올바로 가르칠 줄을 몰랐다고. 내가 더 무슨 말을 할까. 그 말을 듣기 전부터 이미 나는 엄마를 원망하지 않은 지 한참 됐고, 이제는 애틋함만이 남아버렸는걸.

실은 난, 엄마에게 사과를 받기 전부터 이미 내 안에서 문제를 해결하고 있었다. 나는 참 엄마를 많이도 원망하며 살아왔다. 나의 이런이런 안 좋은 점이 엄마 때문이야, 엄마가 나를 그렇게 키워서 내가 이 모양이 됐어, 한참을 이러고 살았다. 공부라면 치가 떨려 여전히 아주 작은 매뉴얼조차 보지 못하는 것. 항상 경쟁에서 이기는 대가로 어머니로부터 보상을 받으며 자랐기 때문에 아직도 엉뚱한 데서 발휘되곤 하는 나의 쓸데없는 경쟁심 같은 것들이 다 엄마의 작품이라 여겼던 것이다.

그러던 어느 날 그런 생각이 들더라. 설사 그 모든 게 엄마 탓이 맞다고 해도, 이 긴 인생에서 나는 언제까지 누굴 탓하고만 살아야 할까. 내가 상처받았다는 이유로 이렇게 나를 방치한다면 그건 결국 누구의 손해일까. 그때부터 나는 내 상처를 조금씩 스스로 해결해가기 시작했다.

상처라는 게, 세월이 흐르면 그걸 준 사람뿐만이 아니라 받은 사람의 책임도 되더라.

누구 때문이든 결국 그 상처를 안고 살아가야 하는 건 나니까, 내게는 누가 주었든 그 상처를 딛고 내 삶을 건강하게 살아가야 할 의무가 있는 것이다. 물론 이것은 '일부 개인적인 문제'에 한한 것이고 부모 자식 간이기에 가능한 일이라 생각한다. 세상의 어떤 상처들은 끝내 피해자의 몫으로 남아서는 안 되는 게 있는 법이니까.

내가 그렇게 생각을 고쳐먹게 된 데에는 어머니와 떨어져 살게 된 것이 큰 역할을 했다. 그게 가족이건 다른 무엇이건 나는 사람과 사람 사이의 문제란, 떨어져 지내면 정말 많은 것들이 해결된다고 믿는다. 그것도 아주 드라마틱할 정도로. 그러면 또 시간이 도와준다. 어머니는 슈퍼맨이었고 나는 배트맨이었는데 어머니는 점점 늙어 기력이 쇠해지시니 그만큼 힘의 균형이 맞게 되는 거다. 물론 그뒤로 너무 많이 역전이 되면 그건 또 슬픈 얘기가 되겠지만.

그런데 이렇게 아름답게 글을 써놓아서 그렇지 여전히 나는 어머니 때문에, 또 어머니는 나 때문에 정말 힘들 때가 많다. 그래서 관계란, 특히나 가족이라는 이 떨쳐버리기 힘들고, 어디 비교할 곳 없이 특수한 사이는 노력이 계속 필요하다. 정말 계에속.

아니면 안 보고 살거나. 그것도 분명 해결 방법의 하나일 테다. 도저히, 세월로도 그 어떤 무엇으로도 되지 않는다면.

왜냐하면 생활 습관과 가치관의 차이란 가족이라 해서 극복될 수 있는 것이 결코 아니란 걸 슬프지만 인정할 때가 누구나 오기 때문이다. 그걸 늦게 깨달으면 깨달을수록, 우린 해결되지 않는 일에 너무 많은 에너지를 쏟았다는 사실에 놀라게 된다.

정리의 여왕 곤도 마리에

일본에서 '정리의 여왕'이라 불리는 곤도 마리에라는 분의 기사를 보았어요. 그분에 따르면 정리정돈이 인생을 바꿀 수 있다고 하더군요.

"두 손으로 물건을 만져보세요. 아직도 설렘을 주나요? 설렘이 없으면 버리세요."

이것이 그분의 주장이었죠. 설렘이 느껴지지 않는 물건은 버리라는 것. 그럼 인생이 쾌적해진다는 것.

저는 평생 제가 사는 공간이나 제 머릿속이 완벽히 정리되지 못한 것에 대해 스트레스를 받아왔어요. 그것은 어찌 보면 일종의 강박이었고, 이런 제게 필요한 것은 완벽한 정리를 시도하는 게 아니라 어느 정도의 삶의 군더더기를 용인할 수 있는 여유와 너그러움이었죠.

언제부턴가 불어온 미니멀리즘의 유행.

글쎄 모르겠어요.

문제는 정리를 잘하든 하지 않든 자신의 방식에 확신을 갖는 것이 더 중요하지 않을까요. 늘 정리를 하는데도 더 해야 할 것 같아 불안하다면 결국 정리가 해답은 아니라는 것이고, 반대로 불필요한 것들을 이고 지고 사는 느낌을 떨칠 수 없다면 그럴 때야말로 정리정돈이 필요하겠지요.

제 생각에 소비와 정리는 동전의 양면이 아닐까 해요. 어느 하나를 극단으로 추구하기보다는 균형을 맞추고 싶달까. 정리라는 게 하다보면 해도 해도 만족이 안 되는 소비 이상의 강박이 되기도 한다는 걸 해보신 분은 아실 거예요. 소비라는 것도 그래요. 오래된 휴대폰을 새것으로 바꿀까 말까 고민하는 일은 얼마나 크고 긴 활력을 주던가요. 그런 생각을 하면 이런 소유의 기쁨을 무조건 배척하고 싶지는 않은 거죠.

어느 집이건 집 안을 샅샅이 뒤지면 당연히 쓸모없는 물건들도 많겠지만 그런 것들을 하나도 허용하지 않겠다, 뭐든 설레지 않으면 버린다, 는 자세는 적어도 제가 본받고 따를 만한 건 아닌 것 같아요.

저는 삶에는 어느 정도 군더더기가 있어야 한다고 믿거든요.

곤도 마리에도 있지만 타샤 튜더도 있는 것처럼요.

그래서 더이상 설렘을 주지는 못하지만 고마운 내 오래된 차와, 향후 몇 년간 다시 읽을 가능성은 없어 보여도 바스티앙 비베스와 글렌 굴드의 전기 같은 것들을 보물처럼 끌어안고 사는 걸 테고요.

삶이 설렘만으로 가득찰 수는 없기에, 특히나 어른의 삶이란 건 설렘보다는 일상의 무미건조함들을 그저 덤덤히 견뎌야 하는 시간들이 훨씬 더 많기에, 삶을 균형 있게, 적절히 버리고 또 채우며 그렇게 살아가고 싶습니다.

지금 제게 필요한 건 설렘이 아니라 여유니까요.

신뢰

있지. 그거 알아? 상처가 쉬 나을 때보다 긁혀도 표 하나 없이 둔감해져버린 자신을 발견했을 때의 기분은 생각보다 그렇게 좋지만은 않더라. 내 마음이 이렇게 튼튼해졌구나 하는 기쁨보다는 어쩐지 나이가 든 탓이라는 생각이 들어서 말야. 통증은 통증 자체로 건강함의 징표라잖아. 가끔 예전만큼 외롭지도 아프지도 않아서 어지간한 자극에는 반응을 하지 않는다는 느낌이 들 때면 굳은살이 너무 많이 박였구나 싶단 말이지. 그거 좋은 거 아닌데. 외롭지 않다는 거 자랑 아니잖아. 근데 넌 자꾸 외롭지 않다고 주변에 자랑을 하려 들거든? 곁에 아무도 없으면 외롭다고 느끼고 힘들면 힘들다고 하고 그러는 거지. 너무 씩씩함이 과하면 그건 씩씩한 게 아니라 너 스스로 가장을 하고 있는 건지도 몰라. 실제로는 안 그런데 난 안 힘들다고 자기도 모르게 기를 쓰고 있는 거지.

영화 〈월드워 제트〉에서 내가 좋아하는 스토리는 브래드 피트를 호위하던 군인이 좀비한테 물렸을 때 브래드 피트가 그 군인의 손모가지를 확 잘라서 목숨을 구해주잖아. 보호자와 피보호자가 뒤바뀌어버리는 순간인 거지. 그러고는 둘이 서로 도우면서 신뢰를 쌓아가는 장면이 참 좋아.

있지, 남을 줄기차게 의심하는 것도 학대거든. 그것도 아주 엄청난 학대. 그러니 신뢰란 얼마나 가치 있는 감정이겠어. 사람을 믿는다는 건 한 사람을 살리는 일이기도 하다고 내가 늘 주장하는 이유도 그 때문이지. 그러니까 너도 너 스스로를 한 번쯤은 믿어봐. 사람 하나 살리는 셈 치고, 응?

대체로 사람이 사람을 좋아하거나 미워하는 데에는 그리 많은 시간을 필요로 하지 않는다. 그러나 누군가를 이해하는 일은 때로 평생이라는 시간이 걸리기도 하고, 어떨 땐 한쪽이 죽고 나서야 겨우 이뤄지는 수도 있다. 이해라는 건 그만큼 하기도 받기도 어려운, 그래서 더 귀한 것이다.

마흔다섯으로 살던 해. 그 한 해 동안 내 가장 행복했던 기억은 가까운 형이 적어도 겉으로라도 알았어, 네 말 무슨 뜻인지 알겠다라고 말을 해주던 그 짧은 순간이었다. 형은 습관적으로 내게 너 그거 뻥이지?라고 말을 하는 버릇이 있었는데, 그날따라 하필 초면인 사람들이 있는 데서 그래가지고 난 전에 없이 화가 났던 터였다.

형 다시는 그러지 마요. 나 농담으로라도 나 못 믿고 의심하는 사람이랑 같은 공간에서 있고 싶지 않아.

그때 난 보름만 있으면 마흔여섯이 될 참이었는데, 세월이 흐를수록 중요하게 생각하는 가치가 점점 변해가는 느낌이었다. 나는 사랑받지 않아도 살 수 있지만 이해받지 못하면 살 수 없다. 나를 인정해주는 사람보다 믿어주는 사람이, 나를 알아주는 사람보다 이해해주는 사람이 비교할 수 없을 만큼 소중해진 것이다.

그날 형이 내 까탈을 받아줘서, 아 그거야 니가 편하니까 농담으로 그런 거지 이제 안 그럴게라고 해줘서 나는 고마웠다. 그 정도 사소한 이해조차 받을 수 있는 기회마저 귀해지다보니, 누군가의 말 한마디에도 이렇게 마음이 치유되고 위로받는 느낌을 얻는다.

그렇지만 우리가 부부였거나 형제지간이었어도 형이 그렇게 선뜻 날 이해한다고 말해줄 수 있었을까?

사랑은 꼭 이해를 동반하지 않으며, 오히려 사랑하는데 이해가 따르지 않아 고통 받는 경우가 더 많다. 나를 가장 이해해주지 못했던 사람들은 항상 내 가장 가까운 사람들이었다. 나를 너무 사랑해서, 오히려 더 내게 관대할 수 없었던 사람들. 사랑을 하면 든든해야 하는데 어쩐지 더 외롭기도 하는 이유이다. 한번은 어떤 곳에 나는 이런 글을 올렸었다.

네가 도저히 이해할 수 없는 사람이 있다 치자. 그럼 그 사람은 널 이해한다는 보장이 있을까? 이 세상에 네가 이해할 수 없는 사람과 너를 이해할 수 없어 하는 사람의 수를 비교하면 어느 쪽이 더 많을까. 그래서 나는 네가 이해가 가지 않는다는 말보다는 그럴 수 있지 뭐라는 말을 더 많이 할 수 있었으면 좋겠어. 왜냐하면 우린 모두 피차일반이니까.

이해의 중요성을 강조한 이 글에 사람들은 많이들 공감해주었지만 자기는 그게 도저히 안 된다며, 당신은 그렇게 쿨하니 이해심이 많아 좋겠다는 반응도 있었다. 그런데 내가 쓰는 이런 종류의 글에서 '네'가 지칭하는 대상은 흔히 나고, 때문에 이 글 역시 누구에게 하는 충고가 아니라 나 스스로에게 하는 다짐 같은 것이다. 다시 말해, 나는 쿨하고 이해심이 많아서가 아니라 날 위해서, 나 살려고 이해를 하려 한다는 거다. 안 그러면 미칠지도 모르니까.

그러니까 지금 내가 말하는 이해란 건 상대가 아닌 나를 위해서 하는 것인데, 물론 이런 식의 이해가 진정한 이해인지에 대해서는 또 좀더 생각을 해봐야겠지만, 아무튼 미치는 것보다는 낫지 않을까?

음

엄마랑 드라마를 보다가
가난하게 살던 여주인공이
재벌 회장의 자식으로
밝혀지는 장면에서
나도 모르게
야, 쟨 좋겠네
이랬거든.
어머니 상처받으셨을까?

라라랜드

어떤 이들에겐 로맨틱한 판타지로 보였을 이 영화는 내겐 너무도 현실적이어서 보는 내내 가슴이 아파 견디기가 어려웠던 영화였다. 시종일관 꿈같은 장면들이 펼쳐지다간 이내 현실을 일깨우듯 깨어지길 반복한다. 마치 관객들에게 그 사실을 주입이라도 시키려는 듯 반복되는 깨어짐은 끝내 마지막 엠마 스톤의 슬프고도 간절한 상상까지 계속된다.

이젠 상상 속에서나 가정을 이루고 자식을 낳고 행복을 나눌 수밖에 없게 된 두 사람.
사랑했기에 서로의 꿈을 응원했고 그래서 둘은 이루어질 수 없었다.

꿈을 선택한 대가로 여자의 옆에는 다른 남자가 앉아 있고
바라던 대로 클럽의 주인이 되었으나 남자는 함께 기뻐할 사람이 없는 현실.

만약 그들이 꿈을 버리고 서로를 택했더라도 끝내 이루지 못한 꿈에 대한 아쉬움은 또다른 이유로 그들을 괴롭혔을 터.

왜 사랑은 꼭 다른 가치와 대립할까. 왜 다른 무엇을 포기해야 만 가질 수 있는 걸까.

그때, 영화가 끝나고 너무 슬퍼서 울상이 되어 있던 내게 함께 영화를 본 동행인이 말했다.

왜 울어? 각자 잘돼서 서로의 삶을 살게 되었으니 해피엔딩 아 니야?

아…… 누군가에겐 의심의 여지없는 비극이 다른 누군가에겐 저리도 해피엔딩이 될 수도 있다는 것을, 나는 그때 새삼 알았다. 인생은 이래서 결국엔 희극이라는 걸.

명절

인간의 모든 비합리성의 총체적 집합체가 명절, 그것도 대한민
국의 명절이 아닌가 한다. 어제 추석 당일 밤. 외출을 했다가 늦게
부모님 댁에 가보니 엄마가 거의 파김치가 되어 어지럽다며 소파
에 주저앉아 계셨다. 싱크대엔 설거짓거리가 산더미처럼 쌓여 있
었고 차례상을 차리느라 엄마가 사 오고 만든 음식들이 대형 냉
장고 두 칸에 터질 듯 들어차 있었다. 도대체 팔순 노인네가 어지
러움을 느낄 정도로 몸을 혹사해가며 준비하는 명절 상이란 건
무엇인가. 왜 그렇게까지 해야 하는가.

내가 생각하는 명절의 비합리성은 아무도 알아주지 않는 저 차
례상 차리는 일을 엄마 혼자 며칠 밤을 새워가며 한다는 것이고
그러다 결국 아버지랑 싸움을 한다는 것이고 손가락 하나 까딱
않고 절만 하는 아버지가 엄마의 마음 자세에 대해 일장 연설을
하려 든다는 것이고 그렇게 가족 친척이 모이면 거의 백발백중
싸움 아니면 신경전이 벌어지는 그 풍경이 난 너무 지겨운 것이
고 아는 선배가 자신의 형제를 일컬어 형제란 피를 나눈 남일 뿐
이라는 말을 하는 걸 처음 들었을 때는 신기하다 그런 견해도 있

을 수 있구나 했지만 이제 와서 생각해보면 세상엔 혈연보다 더
합리적이고 건강한 관계가 훨씬 더 많다는 데에서 이 모든 명절
의 비애가 기인하는지도 모르겠다.

아니 오늘 아침에도 이젠 명절 상 차리는 규모를 줄여야겠다
자기가 이번엔 느끼는 바가 많다는 말을 80년째 해오고 있는 엄
마를 보면서 인간의 합리성과 기억에 대해 다시 한번 심각하게
성찰을 하게 되는데 도대체 제사 차례라는 게 다 무엇이고 그게
왜 중요할까에 대해서도 생각을 해본다. 아직 부모님께 말씀은
안 드렸지만 난 부모님 돌아가시면 제사 차례 같은 거 일절 해드
릴 마음이 없다. 추모는 내 나름의 방식으로 하겠거니와 제사 안
지낸다고 부모님 사랑하지 않는 거 아니다. 물론 형제들의 동의
가 있어야겠지만 최소한 난 죽고 나서의 그 모든 가신 분들을 위
한다는 절차들에 의미를 느끼지 못하기 때문에 나 역시 나중에
내가 죽거들랑 장례식 같은 거 제발 하지 말고 화장이나 해서 뼛
가루는 아무데나 뿌려달라고 사람들에게 당부할 뿐이다.

누구도 상처받지 않는 명절은 언제쯤 볼 수 있을까.

그리고

자신을 힘들게 하는 가까운 이에게
속마음을 털어놓으리라던 친구가
끝내 솔직하게 말을 하지 못하고
안전한 대화만 나누다
돌아왔다는 말을 듣고
마음이 안쓰럽기도 했던
올 추석 밤.

5부

스며들기 좋은 곳

조심

1.

유튜브를 보다 우연히 어떤 강의를 접하게 되었습니다.

강연자는 자존감에 대해 이야기하면서 작은 가겟집 주인의 예를 들고 있었죠.

손님이 많건 적건 늘 웃음 띤 그의 얼굴에서 강연자는

그가 자신의 삶과 일에 만족하고 있고 그래서 행복한 사람이라고 단언을 하고 있었어요.

아마 청중들은 이런 대목에서,

그래. 중요한 건 내가 어떤 일을 하는가가 아니라 그 일을 하는 내 마음가짐이야, 하는

깨달음을 얻을지도 모르겠고

강연자가 원하는 것도 그런 종류의 공감인지는 모르겠으나

저는 그 장면이 조금 의아했어요.

사람이 겉으로 지어 보이는 표정만으로는 아무것도 알 수 없기 때문에.

2.

예전에 방송국 복도에서 마주친 어떤 분의 얼굴이
너무 좋아 보여서 저는
사람이 어떤 생활을 영위하면 저런 얼굴과 표정이 나올 수 있
을까……
거의 감탄을 한 적이 있었죠.

그런데 불과 이틀 뒤 실은 그분이
오랜 가정 폭력으로 인해 엄청난 고통 속에 살아왔다는 사실을
언론을 통해 알게 됩니다.

그뒤로도 그러한 경험이 몇 차례 반복된 뒤로 저는
더이상 소위 말하는 느낌으로 사람의 생활이나 내면을
추측하지 않게 되었어요.

사람이 겉으로 지어 보이는 표정만으로는
아무것도 알 수 없다는 것을 알았기 때문이었죠.

3.

우리는 살면서 남에 대해
싫어도 판단이라는 걸 하게 될 때가 있는데
그 근거라는 게 대개
표정과 말투 등 겉으로 보여지는 모습밖엔 없기 때문에
사실 정확하기가 어렵죠.

그럼 어떻게 해야 할까.

그래서 조심이란 걸 해야 합니다.

부득이 추측할 수밖에 없다 해도 단정은 짓지 않는 것.

내가 자세히 이해받고 싶어하는 만큼
남에게도 그런 관대함과 사려 깊은 태도를 보이는 것.

4.

"간절함은 조심스러움보다 더 감동적이다."

리처드 파워스라는 미국의 작가가 한 말이라는데

굳이 그 둘을 비교해야 한다면
조심스러움이 간절함보다 몇 배 더 감동적인 시대가 아닐까 합니다.

적어도 제가 본 이 세상에는
간절함은 넘쳐났을지 몰라도 조심스러움은 그리 쉬 접할 수가 없었기 때문입니다.

사람들이 조금만 더 타인과 세상에 대해
심지어 자기 자신에 대해서마저도 조심하며 살아간다면
지금보다 훨씬 더 살기 좋은 세상이 될 것 같다는 생각을 해보았습니다.

조심스럽게.

결혼

일이 있어서 낮에 서울에서 90분 거리인 청주엘 다녀왔다. 이론적으로는 그럼 오고 가는 데 세 시간 정도가 소요되었어야 했는데 실제로는 그 두 배인 여섯 시간이 넘게 걸렸다. 왜 이런 일이 벌어졌을까. 만약 그렇게 오래 걸릴 줄 알았다면 나는 오늘 청주를 다녀오지 않았을 텐데.

이래서 알고는 못 가는 길이라는 말이 생겼나보다. 나는 가볍게 여겼던 한낮의 여정이 그리 길 줄 몰랐고 몰랐기 때문에 감행을 한 거니까.

결혼도 비슷한 면이 있는 것 같다. 알고는 하기 어려운 일이라는 점에서.

예전에는 사람들이 결혼을 그저 때 되면 당연히 해야 하는 것으로 여겼지만 이제 사람들은 그 제도가 여러 가지로 불합리한 면이 있다는 것도 알고 그 일이 동화가 아닌 현실이라는 것도 안다.

그래서 잘 하지 않는다. 어떤 이들은 젊은이들이 집을 사기 어려워 결혼을 잘 하지 않는다는 말도 하지만 그것만이 이유의 전부는 아니며 아마 점점 더 식을 올리는 사람들의 수는 줄어갈 것이다.

그런데 여전히 그 일을 감행하는 사람들이 있다. 그 사람들이라고 해서 결혼의 문제점들을 모를까? 그들이라고 아직도 순진하게 영원한 사랑을 믿거나 백년해로를 할 수 있을 거라 생각해서 그 일을 하는 것일까?

뭐 그럴 수도 있겠지만 나는 그렇게 생각한다.

우리가 불확실한 미래에도 불구하고
여전히 무언가를 감행하는 건
그게 꼭 영원할 거라서라기보다는
단지 영원하길 바라는 지금의 마음이
소중하기 때문은 아닐까.

그 마음이 너무 소중해서
가능한 오래 누리고
싶어서.

나는 내가 그 누구하고도 100년은커녕 10년도 같이 살 수 없는 사람이라는 걸 안다.

그러나 여전히, 나는 나의 삶에서 100년 아니 영원히 같이 하고픈 사람이 있을 수 있다는 것도 안다.

그 마음이 바로 영원이라는 것도.

결속

우리 사이에 틈이 있었네.
그 틈이 우리를 메웠네.

변화

나는
사람은 변하지 않는다는
다들 하는 그 말이 실은 조금 놀랍다.

정말로
30년 전 스무 살의 나와 30년 후 쉰 살의 내가
같은 사람이라면
오히려 이상하고 그래서도 안 될 것 같은데.

그동안 내가 보고 듣고 만나고 경험한 것들이 얼만데
그게 날 다른 사람으로 만들어주지 않았다면

그 30년 세월이 너무 무의미해질 것만 같은데.

*

티브이에서 어떤 사람이 지각을 잘 한다 그러니까
누군가 말했어요.

사람은 절대 안 변한다고.

자기 주변에도 맨날 지각하는 친구가 있는데
그 습관이 절대 안 고쳐지더라며.

제 생각은 좀 달랐어요.

왜냐하면 제가 바로 지각 대장이었거든요.

중학교 1학년 때였어요.
그날도 평소처럼 아침 조회 시간이 되어서야
교실에 헐레벌떡 도착한 저를 보면서
담임 선생님이 선언하듯 말씀하셨죠.

내가 예언 하나 할까?
석원이 저 지각하는 습관
늙어죽을 때까지 못 고친다.

왜냐하면 사람은 안 변하거든.

그뒤로 저는 정말로 성인이 되어서도 한참을
자주 지각을 하며 살았기 때문에
선생님의 말씀이 맞는 줄만 알았죠.

진짜 사람은 안 변하는구나.
아무리 노력해도 나는
평생 약속 시간에 늦으면서 살게 되겠지.

그랬는데
인생이 생각보다 길더라구요.

그때 선생님의 나이였던
서른다섯 살보다 무려 십수 년을
더 살게 된 지금 저는 이제
지각을 잘 하지 않거든요.

35년이라는 데이터와 50년이라는 데이터의 차이일까요?

11년 전 서른아홉에 낸 첫 책에서
사랑은 이런 거다
인생은 이런 거다 어쩌구 한참 결론을 내린 뒤로
또 많은 세월이 흘렀고 너무 많은 일들이 제게 있었죠.

저는 얼마나 변했고 그 결론들은 얼마나 많이 바뀌었을까요.

말씀드렸듯
변한 것이 있고
변하지 않은 것들이 있을 건데

중요한 건
남이 나를 어떻게 규정하든
항시 나 스스로
더 나은 쪽으로의 변화의 가능성을 믿으면서
살아가려 한다는 겁니다.

어느 것도 섣불리 단정짓거나 결론내리지 않으면서요.

완벽한 친구

누가 그러는 거다.
친구란 내 약점을 보여줘도 불안하지 않고 편한 사람이라고.

어, 근데 난 그 조건에 해당이 안 되는 친구도 있는데.

내가 정말 그 사람을 완전히 믿어서 내 약점을 털어놓아도
어디 가서 그걸 발설하지 않고 비밀을 지켜줄 거라는
믿음을 주는 친구들이 있긴 있는데

그렇다고 그가 최고의 친구냐……
하면 그건 또 그렇다고 할 수는 없다는 거지.

비밀 유지라는 차원에서는 그렇지만
그렇다고 그들과 다른 모든 부분까지 잘 맞는 건 아니니까.
나도 그를 믿고 그도 나를 믿지만 우리의 유머 코드는 전혀 맞
지 않는다든가……

반면

어떤 친구는 약간은 못 믿어도 나랑 다른 면에서의 코드가 너무 잘 맞는 친구가 있구

어떤 친구는 또다른 부분에서 나를 충족시켜주는 부분이 있다.

믿음은 덜한데 정작 나눌 수 있는 부분은 더 많은……

그래서 이 인간관계라는 게 참 단순하지가 않은 것 같다.

어떤 친구는 정말 친한데 늘 바빠서 볼 수가 없는 반면

어떤 친구는 그보다는 덜 친하지만 아무때나 편하게 연락하고 만날 수 있는 경우도 있는 것처럼

결론은 모든 면에서 완벽한 베스트 프렌드라는

게 있다기보다는

다 그 나름대로의 역할을 해주는 친구들이 있는 게 아닐까.

내가 누군가에게 완벽한 누가 되어주지 못하듯

남들도 내게 그럴 수밖엔 없듯이 말이다.

사회생활

이런 말 해도 되나? 라고 묻는 건
이미 그 말을 하고 싶다, 라는 것.

사실상 묻는 게 아니라 통보에 가깝다는 것.

격식 차리는 사이에
그 사람하고 친해요? 하고 묻는 건
그 사람에 대해 혹 그리 좋지 않은 말을 해도
결례가 되지 않겠냐는 것.

좋게 말하면 조심하겠다는 것이고
달리 보면 간을 보겠다는 것.

표현

살면 살수록 표현이라는 게 중요하다는 생각을 하는데
그건 늘 지금 당장 하지 않으면 안 되는 거더라고요.

왜냐하면 인생에서 나중이란 건 없기 때문에.

당신이 사장이고 직원 열 명짜리 회사를 경영하는데
어떤 달에 상황이 조금 어려워져서 아홉 명 분의 월급만 줄 수 있
다고 쳐요.
그런데 직원들은 누구 하나 조금이라도 덜 받는 것을 원치 않는
상황인 거죠.

그래서 부득이 딱 한 사람만 택해야 한다면
당신은 가장 믿고 중요하게 여기는 직원과
그 반대인 직원 중 누구에게 사정을 설명하고
이번 달 월급의 지급을 보류하시겠어요.

많은 경우 전자에게 그런 부탁을 합니다.
왜냐하면
그만큼 우린 가족이고 동업자나 마찬가지기 때문에
나한테 너가 그만큼 중요하고 내가 너를 믿기 때문에
어쩌구 그러면서

사장은 오히려
그런 자신의 부탁을
신뢰의 표시로 생각하지만

받아들이는
당사자도 그렇게 느낄까요?

내가 가장 중요하다면 가장 먼저 나부터 월급을 챙겨주어야 해요.

표현은 항상 지금 하지 않으면 안 되는 것이고
그게 바로 제대로 된 표현이니까요.

그것이

미안함
고마움
서운함
그리움

어떤 감정이든 표현은 항상 최선을 다해서
미루지 않고 하는 것이 중요한 이유라고

저는 생각합니다.

공동체

집단 면역이란
집단 내의 다수가 항체를 가지게 되면
감염병의 전파가 느려지거나 멈추게 된다는 것.

즉 다수가 건강할수록
그로 인해 약한 개체는 간접적인 보호를 받게 된다는 것.

그것은 우리 모두가
서로가 서로의 건강을 해하거나 도울 수 있는
어쩔 수 없는 운명의 공동체라는 것.

그래서 오늘 내가
지문이 없어지도록 손을 씻는 행위는
나뿐만 아니라
타인을 위한 행위이기도 하다는 것.

그렇게 우리가 하나로 묶여 있다는 사실이
때로는 답답하기도 하고 때로는
같은 운명을 공유하고 있다는 점에서 눈물겹기도 하다는 것.

판단

새로 이사 온 사람인가봐.
아직 흡연구역이 어딘지 파악을 못 했는지
사람들 다니는 좁은 길 벤치에 앉아서
담배를 피우고 있더라고.

그 모습이 못마땅해서
기억을 하고 있었는데
오늘 동네 길냥이들 간식을 주며 놀아주고 있는데
이 사람이 자기 개를 끌고 오다가
우리 쪽을 보더니 돌아가더라고.

개가 냥이들에게 달려들까봐 그랬는지
우리를 방해하기 싫어서 그랬는지
하여튼 빙 돌아가더라고.

그래 지난번에 화가 났던 마음이
조금은 누그러졌는데
그래서 그 사람은 좋은 사람일까
아니면 안 좋은 사람일까.

모르겠어.
그냥 이제는 사람을
한두 가지 말이나 행동만으로
평가하고 판단하는 일 자체를
가능하면 안 하고 싶어.

지금까지 그런 일 너무 많이 하고
살았잖아.

소용없는 것

살면서 무수히 부끄러워 달아나려던 순간들이 있었고 최선을 다해 내 자랑을 하려 들던 순간들도 있었어. 돌이켜보면 다 소용 없었던 것 같아. 어릴 적, 나는 야구선수도 아니면서 어머니를 졸라 야구복을 해 입고는 어디에 소속이라도 된 진짜 선수인 양 등에는 백넘버와 내 이름을 새기고 선수들이 신는다는 징 박힌 스파이크까지 사 신고서 동네 한 바퀴를 돈 적이 있었지. 뿌듯함과 쑥스러움으로 심장은 터질 것 같았는데 솔직히 고백하자면 그런 내게 시선을 주는 사람은 거의 없었어.

마치 투명인간처럼, 난 그저 나 혼자 신나서 퍼레이드를 했던 거야.

내 자랑을 하려 들 때의 남을 봐도 그렇고, 누군가 자기 자랑을 늘어놓을 때의 나를 봐도 그렇고, 사람은 본능적으로 자기 자랑은 그렇게 하고 싶어하면서도 남의 자랑에는 철저히 무관심해지나보더라고. 그래서 난 언제부턴가 그걸 안 해. 남 앞에서 스스로를 추켜올리는 일.

그렇다면 소용 있는 건 뭐?
넘어진 아이에게 다가가서 괜찮다고 말해주는 것. 내가 넘어졌을 때는 필요 이상으로 낙담하거나 부끄러워하지 않는 것.

그럼 소용없는 건?
말했잖아. 자기 자랑. 자랑에는 도무지 청중이 없더라고.

남의 삶

그러니깐 이런 거지. 어느 날 고된 하루 일을 마치고 돌아와 아파트 지상 주차장에 차를 대고 집 쪽으로 터덜터덜 걸어가는데, 우리 동에 웬 노랗고 화사한 백열등이 켜진 집이 있는 거야.

야, 우리 아파트에도 저런 집이 있었네?

그 집이 어찌나 아늑해 보이던지, 난 우리 집도 저랬으면 하고 부러워 쳐다보는데 알고 보니 내 집이더라고. 이사 온 지 꽤 시간이 지났는데도 베란다에 그런 노랗고 앙증맞은 등이 있다는 사실조차 모르고 있었던 거야.

그때, 남의 집인 줄 알고 쳐다보던 내 집은 얼마나 근사해 보였던지. 그 느낌을 왜 살면서는 한 번도 느껴보지 못했으며, 밖에서 볼 때 그 집이 뿜어내던 아늑한 느낌은 설마 하는 기대를 안고 문을 열고 들어섰을 땐 어째서 도로 느낄 수가 없었을까? 왜 여전히 별다를 것 없이 내가 늘상 지내오던 바로 그 익숙하고 덤덤한 공간으로 다가와야만 했던 것일까.

잘은 모르지만 나는 이런 데에 삶의 비밀들이 숨어 있다고 생각해. 내가 찾아 헤매는 보물들은 언제나 내 가장 가까이에 숨어 있다고 말이야.

주말. 광화문 네거리를 가득 메운 사람들을 보며 어떤 우울한 이 하나가 근심 걱정도 없이 놀러나 다니는 팔자들이라고 시샘 어린 어조로 중얼거리고 있어. 그러나 그는, 자기와 비슷한 처지의 누군가에 의해 자신 또한 그 팔자 좋은 나들이객 중 하나로 치부되고 있을 줄은 결코 알지 못하겠지.

어쩜 우리는 단지 남이라는 이유로 서로가 서로를 끊임없이 부러워하며 사는 우를 범하며 살고 있는지도 모르겠어.

6부
마음이란

행복

행복이 크고 거창한 것이 아닌 대체로 작고 일상적인 것들로부터 비롯된다는 사실은 진즉에 알았다. 그러나 그 모든 사소하고 평범한 듯 보이는 것들의 가치를 알고 지켜가기가 쉽지 않으니 결국 행복이란 가치 앞에서 세상의 모든 작은 것들은 작은 게 아니더라. 일상은, 일상의 평화라는 건, 노력과 대가를 필요로 할 만큼 힘겹게 지켜가야 하는 만만치 않은 것이더라.

알게 모르게

친구가 많지 않다는 건 부끄러운 일이 아니지만, 그래서 외롭거나 불편하다면 그건 문제가 될 수 있는데, 그렇더라도 의무감이나 필요에 의해 만난 사람들이 나의 외로움이나 무료함을 덜어준 적은 거의 없었다. 사회에 나와서 만난 친구는 어릴 적 친구들만큼 친해지기가 어렵다는 말도 있지만, 지금 시대의 사람의 살아갈 날이라는 건 아마도 저 말이 생겨났을 때보다 한참 더 길어졌고, 인연이란 것도 그만큼이나 변화무쌍해졌을 터. 언제부턴가 연말이나 되어야, 해 넘기면 안 된다는 의무감에 만나게 되는 사람들 틈에서 나는 병풍이 되어버릴 때가 많아졌으니. 나의 옛 모습만을 기억하는 오랜 친구보다는 차라리 만난 지는 얼마 되지 않아도 지금의 나를 잘 아는 친구가 더 좋을 때가 많았다. 다시 말해 내게 친구라는 건 안 지 얼마큼 되었는지는 그리 중요한 게 아니란 얘기다. 언제 어떻게 만났든 간에, 함께 있을 때 충만한 사람에게 내 시간을 더 쓰고 싶달까.

친구건 연인이건 지인이건, 누가 내게 어떤 사람인가는 그 사람과 헤어지고 나서 집으로 돌아오는 길의 내 기분을 보면 알 수 있다. 누가 날 더 허탈하고, 쓸쓸하고, 외롭게 하는지, 누가 날 진심으로 충만하게 해서 만남의 여운이 며칠은 가게 만드는지.

마찬가지로 어떤 사람이 나를 존중하는지 아닌지도 항상 관계가 종료된 이후에야 제대로 확인이 가능한 법. 아쉬울 게 없어진 상황에서 그 사람이 나를 대하는 태도. 거기서 그 사람의 진짜를 보는 거다.

알게 모르게.

별로 좋아하지 않는 친척 아저씨

'너희들은 잘 모르겠지만 나는 말이지.'

설명해야 하면 이미 그른 것.

이해의 문제

몇 년 전 어떤 곳에 탤런트 고 박용하씨의 장례에 대한 글을 올리면서, 나에게는 소지섭처럼 삼일 내내 울어줄 친구는 없다고 털어놓은 적이 있었다. 내게 그럴 만한 친구는 이미 10년 전에 세상을 떠났기 때문이었다. 그랬더니 놀랍게도(그래, 그건 내게 분명 놀라움이었다) 정말 여러 사람들이 댓글로 나를 나무랐다. 한마디로 왜 그렇게 없다고 단정짓느냐, 잘 찾아봐라라는 것.

글쎄, 나는 많진 않지만 생일과 크리스마스를 함께할 친구들이 있고, 여전히 새 친구를 만들기 위한 노력을 멈추지 않으면서 나름대로 소박한 인간관계를 누리며 살아가고 있다. 내가 친구가 없어 죽겠다고 하소연을 한 것도 아니고 그저 그런 절절한 친구를 먼저 하늘나라로 보낸 내 처지를 말한 것뿐인데 사람들은 왜 그런 반응을 보였을까.

비슷한 경험을 이후에도 한 적이 있다. 어떤 상담 모임에 참가해 잠시 도움을 준 적이 있는데 어느 날 참석자 중 한 분이 저는 세상에 친구가 한 명도 없습니다, 하고 고백을 하니까 다른 분들이 거의 화를 내다시피 하면서 그렇게 단정짓지 마라, 잘 찾아보면 어딘가엔 친구가 있을 거다, 하고 말들을 하는 거다.

그분들이 어떤 마음에서 어떤 의도로 그런 말들을 한 것인지 내가 정확히는 알지 못한다. 그런 부정적인 말 같은 건 듣고 싶지 않다는 모종의 거부감의 표출이었는지, 아니면 별다른 노력도 없이 섣부르게 나온 고백으로 이해해 그런 것일 수도 있고, 꼭 사실을 부정한다기보다는 위로의 차원에서 나온 반응들일 수도 있겠다.

다만 어느 쪽이건 내가 궁금한 건 왜 사람들은 남의 상황을 있는 그대로 바라봐주지 못할까 하는 점이다. 그날 그 고백을 했던 이는 모임이 파하고 나서 사람들의 반응 때문에 상처를 받았다고 내게 털어놓았다. 자기는 정말로 친구가 없는지 오랫동안 헤아려보다 어렵게 고백을 한 것인데, 그 자리에 참석했던 사람들뿐만 아니라 세상 어느 누구도 그럴 리가 없다 더 찾아보라며 같은 말만 되풀이한다는 것이었다.

아무도 자신의 말을 있는 그대로 받아주지 않는다면서.

어차피 당사자가 아닌 한 이해라는 행위에 한계는 있겠지만, 그렇다 해도 때로는 단정짓지 말라는 사람들의 단정이, 누군가에겐 그 어떤 단정보다도 더한 단정으로 와닿을 수 있다는 것을 사람들은 잘 모르는 것일까.

한숨

그거 아니?

한숨은 알게 모르게 다른 사람의 마음까지 상하게 한다는 걸.

마스터 키튼
우라사와 나오키
1995, 일본

위로

하지만 너무 슬퍼하지 말자.
희망과 절망은 해와 달 같은 것이어서
하나가 뜨면 하나가 지고 하나가 지면 또하나가 뜨는 법이니까.

우리는 그저
비바람이 치는 이 순간이 영원할 거라고
믿지만 않으면 된다.

여행

짧은 여행을 다녀왔다. 떠나던 날 아침, 출발지에서 만난 우리는 웃을 수밖에 없었다. 여행 짐이라고는 칫솔 하나만 달랑 들고 나온 친구에 비해 함께 타고 갈 내 차에는 베개며 이불이며 내가 집에서 쓰는 수많은 물건들이 이삿짐마냥 들어차 있었기 때문이었다. 행선지는 강원도 양양. 차를 타고 구불구불 산 고갯길을 돌아 네 시간은 족히 걸리던 곳을, 수많은 터널을 뚫어 직선도로를 만든 덕분에 이제는 단 두 시간 만에 갈 수 있게 되었지만, 줄어든 시간만큼 정확히 가는 길이 주던 감흥과 여운 또한 사라져 있었다. 오랜만에 찾은 강원도는 단풍철이었음에도 사람들이 많지 않았다. 그리고 여전히 쓸쓸했는데, 다만 내가 그리던 그게 아니었다. 내가 아는 강원도는 그곳 자체가 근원적으로 품고 있는 어떤 설명할 수 없는 감정이 매력인 곳이었고 그게 못내 그리워 나는 그곳을 다시 찾곤 했었다. 한데 이제 느껴지는 쓸쓸함이란 곱씹어 음미할 것이 아니라 사람이 찾지 않아 스러져가는 폐광의 그것처럼 적적하고 안쓰러운 것이었으니.

새로 단장한 호텔에 짐을 풀고는 방에서 동해의 바다 경치를 내다보며 동행은 말했다. 이제 다른 갈 곳들이 너무 많아져서 사람들이 강원도를 전만큼 찾지 않나보다고. 밖으로 나온 우리는 예전에 들렀던 사찰엘 다시 가보고 스마트폰으로 검색을 해서 맛있다는 집에도 찾아가며 시간을 보냈다. 목이 말라 들른 어느 찻집 겸 기념품을 파는 곳에서는 부산이나 전라도 어디에도 똑같은 게 있을 법한 정체성 없는 물건들이 주렁주렁 매달려 있었다. 그래도 오랜만에 바다를 보니 좋았고, 서울 아닌 곳의 공기는 깨끗하고 시원했으나 다만 한 가지. 집이 아닌 먼 타지에서 시간을 보내고 있다는, 내가 기대하던 여행이 주는 감흥을 느끼기는 어려웠는데 밤에 친구와 사소한 말다툼을 하게 되면서 나는 그 이유를 알았다. 이불, 베개, 심지어 호텔에 다 있는 드라이기까지, 집에 있는 거의 모든 것들과 함께 여행지로 이동하려 했듯, 친구와 함께 온 것 또한 내가 있던 서울에서의 환경 그대로를 누리려는 나의 미련함의 소산이었다는 걸 뒤늦게 깨달았던 것이다.

세상의 어떤 명서도 내 그릇만큼 읽힌다. 여행도 마찬가지이다. 오랜만에 집을 떠나면서 나는 외롭지 않고 불편하지 않으려 조바심치다 그 모든 것들이 여행이 아닌 구경이 되어버렸다. 지금 내게 필요한 건 다른 것이었는데. 집에서 티브이를 보듯 눈앞에서 편히 바다를 내다보며 달짝지근한 물회를 함께 먹고 마실 사람까지. 내겐 그곳에서 채울 빈자리가 아무것도 없었던 거다.

유기 遺棄

다음날 새벽
차를 몰고 집으로 돌아오는 길에 하마터면 곰을 칠 뻔했다.

아직 포장도 뜯지 않은 아이를 누가 길가에 저렇게.

봄

벚꽃 피면 생각나는 사람

있다 (○)
없다 (   )

그 사람은 내 생각

한다 (   )
안 한다 (○)

요즘 간절한 것은

사랑 (   )
내 발에 맞는 신발 (○)

내가 사는 아파트 마당 한가운데에 큰 벚나무가 있는데
이 녀석이 벌써 올해의 꽃을 활짝 피웠다.
탈이 나 아픈 발바닥에 신음하며 그 앞을 오갈 때마다
그 모습이 하도 어여뻐 가슴이 바스러지는 것만 같다.

자기 옆에만 있어준다면,
어느 날 돈 한푼 못 버는 거지가 되어도 좋고
두 다리를 못 쓰는 불구가 되어도 상관없다던 사람이 있었지.

아직도 순진한가봐.
마음을 주고받았던 기억이 이렇게 오래가는 걸 보면.

어렸을 땐
모든 게 쉽게 사라져버린다고만 생각했었는데
나이를 먹으니까 사라지지 않는 것도 있다는 것을 알겠다.

내일은 부디 내일의 시간들이 왔으면.

생각

생각이라는 게 언어의 힘을 빌리지 않으면 구체화되거나 정리가 되지 않잖아요. 어렸을 때는 어떤 생각이 딱 떠올랐을 때 그게 언어로 형상화되지 않으면 답답하기도 하고 해서 아, 나는 왜 맨날 그냥 막연한 감만 떠오를까 하며 자책했었는데.

세월이 흘러서 나는 작가가 되었고 사람들은 내게 어떻게 그렇게 머릿속으로 생각만 하던 걸 글로 표현할 수가 있냐며 물어오니, 글쎄. 정작 난 막연하던 생각이 비로소 언어로서 구체화되어 예전에 내가 느꼈던 그게 무엇인지 명확히 알게 되었을 때 속이 시원했다기보단 차라리 슬펐어요.

그때 내 기분이 왜 그랬는지 너무 잘 알게 되어서.

얼굴

예전에 알던 어떤 사람이 양악수술이라고 하던가, 그걸 받았는지 얼굴이 완전히 달라진 것을 보고 충격을 받은 적이 있었다. 평생 가져왔던 자기 얼굴을 어떤 이유에서건 그렇게 내버릴 수 있다는 사실이 나로서는 놀라웠던 것이다.

누구든 자신의 외모에 대해서 한계 없이 불만을 가질 수도 있다는 것을 모르는 바는 아니지만, 그런 관점과는 또 다르게 외모라는 것은 내면의 모습만큼이나, 아니 그 이상으로 중요한 그 사람의 일부라고 생각하는 나로서는…… 순식간에 변해버린 타인의 얼굴을 접하면서, 마치 내가 알던 누군가가 이 세상에서 영원히 사라져버린 것 같은 느낌에 낯설고 이상한 기분에 시달려야 했던 거다.

그리고 보면 사람의 얼굴은
한 번도 스스로 보지 못하는 그 자신의 것일까
아니면 그걸 평생 보고 사는 타인의 것일까.

몰라서가 아니야

내일이 오늘보다 나아지거나 다르리라는 기대는 대체로 기대에 그치고 말지만, 그걸 몰라서 매일 그 일을 반복하는 건 아니야. 그렇게라도 희망을 갖고 스스로를 격려해야 그 힘으로 또 오늘을 버티면서 살아갈 수 있으니 그러는 거지.

마찬가지로
너는 소중해, 넌 예뻐, 넌 틀림없이 잘될 거야,
그건 네 잘못이 아니야 등등.
이런 말들을 해주는 대가로 돈을 받는 책들을 사람들이 들추는 건, 그게 사탕발림이라는 걸 몰라서가 아니야.

알지만
이렇게라도 위로를 받아야 또 하루를 견딜 수 있기 때문이지.

기억나?

그때 힘들어하는 내게 너가 해주었던 말.

지금 네가 행복하지 않은 이유들을 모두 적은 다음 하나씩 지워나가보라고. 그게 정말 너를 힘들게 할 일들인지 생각하면서. 그럼 조금은 좋아질 거라고.

그러면서 넌, 내가 해줄 수 있는 말이 이것뿐이라 미안하다고 말했지만 아니, 난 그걸로 충분했어. 그 말도, 그 말을 해주던 너도, 내 내면의 근심과 빈자리를 채우기엔 충분했거든.

세월이 흘러 이제 너가 시련에 빠진 지금 예전에 네가 내게 해주었던 말을 그대로 전한다.

부디 내가 받은 만큼 너도 위로받았으면.
그것으로 충분했으면.

작가의 말

여러 권의 얇은 책들을 만들고 싶었다. 그 안에 삶의 정면이 아닌 측면을 담고 싶었다. 시속 300킬로미터짜리 산문을 쓰다 가끔씩 운문 같은 물웅덩이를 파놓고도 싶었다. 나는 어쩌면 생의 진실이란 건 그저 지금 내 곁을 스쳐지나가는 찰나의 순간에 있을지도 모르겠다는 생각을 했고 그 하나하나의 순간들을 사진 찍듯 글로 잡아채고 싶었다.

그렇게 해서 모인 사진 같기도 하고 일기 같기도 한 글들을 추려놓고 보니, 이제 더는 내가 수십 년 전 아득한 어린 시절을 그리워하지도, 여러 인연의 끝과 여하한의 상실에 대해 예전만큼 절절히 가슴 아파하지도 않는다는 사실을 알았다.

나는 더 담담해지고, 이제 세상과 나를 정면으로 응시하기보다는 한발 비켜서서 관조하게 된 것일까.

보다 작은 이야기들을 하고 싶었다. 수요일엔 멀리 있던 친구와 재회하고 금요일엔 엄마의 칠순 잔치를 하며 아무 일도 벌어지지 않는 주말이 늘어나는 삶에 대해. 삶의 전면이 아닌 단면에 대해.

어른이 되어 그런 것인지는 잘 모르겠다. 그러나 살면 살수록 작은 것들이 더 소중해지고 더 커진다.

무엇보다 내가 아는 한 삶은 고정되지 않는 것이니만큼 지금은 이렇게 지켜보고 있지만 다시 세상이라는 바다에 뛰어들 준비는 언제든 되어 있다.

끝으로, 책의 처음부터 끝까지 나의 수없는 물음에 답하며 모든 결정과 선택의 순간에 함께한 에디터 이희숙님에게, 『보통의 존재』에 이어 이번 책을 쓸 때에도 누구도 대신할 수 없는 등대와도 같은 역할을 해준 최지나에게, 두 사람이 없었으면 이 책은 나올 수 없었음을 고백하고 싶다. 책을 단정하게 만들어주신 디자이너 최정윤님에게도 감사의 말을 전한다.

그것이 알고 싶다

나는 〈그것이 알고 싶다〉라는 프로의 오랜 애청자다. 그러나 매주 토요일 밤 이 프로의 시청을 앞두고 기대감에 차 있을 때면 항상 묘한 죄책감에 빠지곤 한다. 누군가 끔찍한 일을 당하지 않았으면 존재할 수가 없는 시간이기 때문이다. 그런데 오늘은, 방송을 보다가 조금 다른 맥락에서 씁쓸함을 느꼈는데 사연은 이렇다. 오늘 불행한 일을 당한 분은 누군가의 어머니였는데, 딸아이는 이제는 볼 수 없는 엄마가 보고 싶고 엄마와 대화하던 순간이 그립다고 우는데 아들은 직접 밥을 차려 먹어야 할 때마다 엄마 생각이 난다고 한숨을 짓는 거다. 안다. 어린아이이고, 그리움을 표현하는 방식은 각기 다를 수 있을 것이다. 그러나 우리 사회에서 밥이라는 게, 특히 남자들에게 가지는 의미를 생각할 때 그저 웃어 넘겨지지만은 않는 구석이 있는 것도 사실이다.

아침밥을 차리는 문제를 가지고 벌써 3년째 부부 싸움을 해온 남자 후배에게 하도 이해가 안 가 물어본 적이 있다. 그놈의 밥 좀 그냥 네가 차려 먹으면 안 되는 거냐고. 그게 3년을 싸울 일이 냐고. 그랬더니 후배는 자기가 점심 저녁은 컵라면을 먹을지언정 혼자서 해결할 수 있는데 아침만은 부인이 차려주어야 한다는 것 이다. 그래 도대체 그 아침만은 도무지 포기를 못하겠는 이유가 뭐냐고 재차 물었지만 나는 끝내 그에게서 납득할 만한 답변을 듣지는 못했다. 나는 그 후배에게 밥이, 그중에서도 아침밥이 갖 는 의미가 어떤 건지를 진짜 너무 알고 싶었는데.

거짓말

자긴 절대로 거짓말을 하지 않는다던 아이가 있었지. 어느 날 박물관을 같이 가기로 했는데 차를 몰고 약속 장소로 가던 난 우연히 박물관 정문 앞에서 그애를 보았어. 어머니 차를 타고 와서 내리더군. 문제는 그다음이었어. 박물관 정문에서 본관까지는 걸어서 꽤 긴 시간을 가야 하기 때문에 나보다 늦게 와버린 꼴이 된 그애가 내게 그랬던 거지. 지하철을 타고 오는 바람에 늦었다고.

'이게 뭔 소리여? 넌 너희 어머니 차를 타고 왔잖아.'

우리가 처음 만났을 때 그애는 내게 말했어. 자긴 절대로 거짓말을 하지 않는다고. 그 말을 듣고 난 이렇게 대꾸했었다. "그래? 난 거짓말 엄청 잘하는데." 물론, 난 내가 비교적 솔직한 편이라는 걸 저렇게 위악적으로 표현하는 버릇이 있어. 아무리 솔직하려 해도 사람은 어떤 식으로든 거짓말을 하고 살 수밖엔 없다는 걸 알기에 그걸 인정하는 자체가 그나마 덜 거짓된 태도라고 여겨서 그러는 거였지. 아무튼 그렇게, 거짓말을 절대로 하지 않는

다던 여자와 거짓말을 쉬 한다던 남자가 만나는 동안 둘 중에 누가 더 거짓말을 많이 했을까. 모르겠어. 정확히는 알 수 없지만 아마 둘이 누가 더라고 할 수도 없을 정도로 많은 거짓말들이 오갔을 거야. 왜냐고? 서로 많이 좋아했으니까. 좋아하는데 거짓말을 왜 하냐고? 너 연애 안 해봤니? 연애를 하지 않는 동안에도 사람은 크고 작은 거짓말을 수없이 하고 사는데 하물며 좋아하는 사람이 생겼는데 어떻게 거짓말을 안 해. 어떤 사람은 솔직이니 진심 같은 걸 얘기하고 싶겠지만 글쎄…… 누가 누굴 만날 때는 진심과 거짓은 종종 별개가 아닌 문제가 되어버리거든.

헤어지던 날, 우린 비로소 서로에게 털어놓았지. 너가 원래의 너를 죽이고 나에게 맞추었을 때 나는 만족했고 우리의 관계는 평온했었다. 하지만 네 속은 어땠을까. 나 역시 마찬가지로 원래의 나를 죽이고 너에게 맞추어주었을 때에 비로소 너는 충만했고 적어도 겉으로 우리의 관계는 평온했었어. 하지만 내 속은 시들어갔었지. 결국 우린, 자기를 진짜로 드러내서는 서로 행복하게 지낼 수 없는 사이였다는 걸 만나는 내내 숨긴 거야. 그렇게 가려진 우리의 진실 혹은 진심은, 서로의 마음속이 곪아터지고 나서야 비로소 서로에게 털어놓아질 수 있었던 거고. 왜? 이제 헤어지게 되었으니 더이상 감추거나 꾸밀 일이 없거든.

지금 나는 거짓말을 하는 게 옳다는 얘길 하려는 게 아니야. 하지만 털올만큼의 애정도 남아 있지 않은 사람에겐 단 한마디의 거짓말도 할 이유가 없어. 이런 모순이 난 아직도 잘 이해가 가지 않고 슬프지만, 사랑이란 게 그렇더라고. 다시 누군가와 뭔가를 시작하게 되면 우린 서로에게 또 얼마나 많은 거짓말을 하게 될까.

그래서 난 만우절이라는 게 웃긴다고 생각해.
누구 말마따나 늘 하는 거짓말을 뭣 하러 그날도 해야 하냐고.

배려는 내 사람부터

나에게 두 친구가 있다. 한 놈은 언제든 친구들 일이라면 발 벗고 나서는 의리맨으로 친구들 사이에서 평판이 좋은 녀석이고 한 놈은 내가 싫어하는 조금 깍쟁이 스타일에 아는 척하기 좋아하는 똘똘이 스머프 같은 녀석인데

나는 뒤엣놈을 더 좋아하지는 않지만 그 녀석은 내가 인정할 수밖에 없는 면을 갖고 있다.

그게 뭐냐면

우리가 가족을 대동해 모임을 가졌을 때 두 녀석을 유심히 보면

첫번째 친구는 늘 자기 가족들보다 친구 친척 남을 더 챙기는 타입인데 반해
두번째 친구는 밖에서는 깍쟁이 소리를 들을지언정 자기 가족부터 우선해서 챙기는 편이라

나는 그 모습에 점수를 주지 않을 수가 없는 것이다.

왜냐하면 우리 아버지는 반대였기 때문에……

우리는 뭐 많이들 그렇다.
밖에서 만난 타인이 길을 묻거나 하면 아주 친절하게 답을 해주다가도 집에 와서 엄마가 뭐 조금 물어보면 그것도 모르냐고 답답해 속이 터져 하는……

왜 내 가까운 사람에게 더 매너 있고 스윗하게 굴지 못할까.

이런 예는 너무 많다.

같은 말을 해도 내 애인이나 내 배우자나 내 부모가 하면 누가 그래 하면서 안 믿다가
똑같은 말을 방송이나 다른 사람에게서 들으면 아 하고 믿으며 접수해버리는 경우.

뭐

누구든 이런 상황의 가해자일때도 있고 피해자일 때도 있을 텐데

아무튼지간

배려는 내 사람부터 하는 게 어떨는지.

존재

누가 인사를 안 했다구
누가 자길 무시했다구
주위에서 난리가 나는
경우를 왕왕 본다.

나는 절대로 무시당하면 안 되고
조금의 무례라도 겪으면 큰일이 나는 것처럼 굴며
어떻게든 앙갚음을 하려 들거나
꽁한 마음을 오래도록 간직하는 경우들.

하지만
내(네)가 뭔데.
나도 거절 당할 수 있구
무시도 당할 수 있어.
그런 일이 아무것도 아니라는 게 아니라
나는 인사 같은 거 못 받아도 아무렇지 않다는 게 아니라
나만은 절대 그런 일을 당해선 안 된다고
여기는 건 다른 차원의 문제라는 거지.

나?
그렇게 대단한 존재 아니잖아.

걔가 나한테 인사할 마음이 들지 않을 만큼
날 신경쓰지 않거나 존중하지 않나부지.

근데 그게 뭐.
걔한테 내가 별 존재가 아니라는 게
그렇게 분할 일이야?

기분이 좋을 일은 아니지만
그런 것 때문에 그렇게 오래 타격 받고
신경쓰면 오히려 나만 더 초라해지잖아.

있지.
나를 사랑하는 것과
나라는 존재에 너무 많은 의미를 부여하는 건
다른 문제라는 거.
그걸 구분하는 게 작은 일에 내내 분한 마음 갖고 살아가는 것보다
훨씬 나를 사랑하는 법이라는 거.

오늘도 잊지 않으려 해.

인간 변덕

강아지를 한 번도 길러본 적 없던 친구. 자신에게 안겨서는 떨어질 줄 모르는 개를 보며 탄복한다. 어쩜 이렇게 한결같이 나만 볼 수 있냐며. 개든 사람이든 나는 바로 그런 이유로 누구와 오래 같이 있지를 못한다. 누굴 만났어. 한 몇 시간 즐겁게 같이 있었어.

그다음은? 그다음은 뭘 하지?

내게 만남이란 그런 것이다. 그렇게 몇 시간을 붙어 있은 다음 각자의 집으로 가는 게 아니라 여전히 함께 한집으로 가서 쭉 같이 시간을 보내는 일. 나는 그게 어렵다.

왜인지는 모른다. 그냥 어렸을 때부터 친구든 가족이든 연인이든 아무리 가깝고 아무리 좋아하는 사람이라도 어느 정도 같이 시간을 보내다보면 슬그머니 혼자 있고 싶어지곤 했다. 왜 그러는지 오랫동안 알고 싶어했고 내게 문제가 있는 것만 같아 자책을 하기도 했고 나와 달리 그런 게 가능한 사람들을 부러워하기도 했지만……

    웃긴 건 그러면서도 집으로 돌아와 혼자가 되면 또 사람을 그리워한다는 것이다. 어쩌면 좋을까. 이 인간이란 변덕스러운 존재를.

박노수 미술관

사랑하는 이들에게 스며들기 좋은 책을 선물하고
아름다운 곳에 함께 가고⋯⋯.

그거 알아?
사랑은 꼭 비슷한 사람들끼리만 하는 건 아니라는 거.
둘이 많이 달라도 서로 그리워할 수 있고
그게 네 말처럼 꼭 비극만은 아니라는 거.

가끔 그리움이란
마음의 영역만은 아닐 수도 있다는 생각이 들어.
내 이성이 너를 그리워할 이유가 하나도 없다고 생각하는데
가슴이 저릿할 때가 있거든.

정말이야.
나는 아무렇지 않은데
가슴이
그냥 저 혼자 그러더라고.

티라미스

몇 해 전 우리가 강원도에 함께 갔을 때, 커피집 '테라로사'에서 티라미스를 먹고는 난 그만 밤새 화장실엘 들락거리다 다음날 서울로 돌아와야 했었지. 내 배앓이는 고치기 어려운 지병 때문이었고, 결국 집을 떠나서는 하루도 온전히 지낼 수 없다는 사실에 난 우울했었다.

하지만 넌 나중에 내게 털어놓길, 그게 그렇게 상심할 일이 되는 줄은 몰랐다고 했지.

티라미스를 못 먹어도 다른 즐거움들이 많이 있지 않냐면서.

그래. 나보다 젊은 너로서는 신체 기능의 일부가 영원히 정지된다는 것이 어떤 의미인지 공감하는 것은 어려운 일이었겠지.

그게 단순히 티라미스 한 쪽의 의미가 아니라는 걸.

이후 어느 해에 난 히로시마에서 기적처럼 내 병에 관한 신약을 얻어 복용하기 시작했고 이제는 거의 정상 생활을 하게 되었어. 그러다 마침 이번에 생일을 맞은 너와 '비스테까'라는 티라미스로 유명한 곳에서 점심을 먹은 후, 실로 몇 년 만에 후식으로 나온 티라미스를 함께 먹게 된 거야. 그리고 이번에도 넌 감격해하는 나를 보며 여전히 공감을 잘 하지 못했지.

자기한테는 먹는다는 게 그렇게 중요한 일은 아니기에 그것을 못하게 됐다고 해서 그렇게 낙담하고, 다시 먹을 수 있다고 해서 그렇게 기뻐할 일인지는 잘 모르겠다면서.

아이고 친구야.
나는 히로시마에서 약을 받아온 뒤로 티라미스 숱하게 먹었었어. 그러니까 오늘 이 순간 내 감격의 방점은 티라미스가 아니라 너에게 있었던 거라고.

알겠니? 다시 이렇게, 너와 마주앉아서 함께 먹을 수 있다는 것에 말이야.

그래서, 나는 그것도 몰라주는 너한테 실망했을까?

아니면 걱정을 했을까.

공감능력이 떨어져 종종 주위 사람들에게 차갑다는 말을 듣는 네가.

둘 다 아니야.

우리가 이렇게 어긋나고 때론 공감하지 못하는 것들도 많지만 네 말대로 뭐 어때. 티라미스에 공감하지 못하면 다른 것들로 하면 되는 거지.

생일 축하해.

그리고 오늘 같이 먹은 티라미스는 정말 맛있었어.

부디

인생이 내 편을 만들어가는 게임이라면
그 게임에서 소박한 승리를 거두길.

항상 그대 마음의 평화와
그대 편이 많은 세상을 기원하며

서울에서 이석원 올림.

흔적

오늘 어떤 티브이 프로를 보면서 박장대소를 하며 웃다가 문
득, 어? 이건 내 웃는 스타일이 아닌데, 싶어 곰곰히 생각해보니
이제 더는 보지 않게 된 옛 친구의 웃음소리란 걸 깨달았다. 여차
저차 간단하지 않은 사연이 길어 더 보지 않는 사이가 되었고, 이
제 더는 그에 대한 어떤 감정도 남아 있지 않은데 이게 어쩐 일일
까 싶어 혼란스러웠던 기억.

아, 인간이란 영원히 한 번 연을 맺은 타인과는 완벽한 단절을
이룰 수는 없는 것일까?

이처럼 내겐 나를 지나쳐간 사람들의 말투와 웃는 스타일과 주
차 방식 등이 내 몸과 마음 곳곳에 인장처럼 박여 지워지지 않고
남아 있다. 그 사람은 이제 다시 볼 수 없는데 나는 그처럼 웃고,
그처럼 말을 시작할 때 뜸을 들이고 그처럼 주차를 하는 것이다.
나는 수많은 나의 동료와 연인과 친구들의 오랜 흔적의 집합체
다. 누구든 그런 것들로 삶이 이루어져 있다.

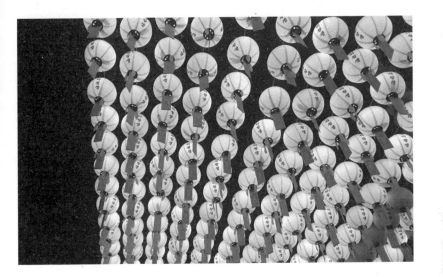

오역 誤譯

마음이 한 점 고민 없이 평화로워 좋았던 어느 날
옥에 티처럼 나타났던 너는

맘에 드는 문장 하나를 접하면
예쁜 하늘을 보는 것과 같은 기분이라던 너는

술을 먹으면 한약 먹은 개미처럼
기운이 뻗쳐 밤새 춤을 출 수도 있었던 너는

아무도 없는 새벽 과천의 어느 미술관에서 나를 끌어안고는
내가 뭐하는 사람인 줄은 알지요? 라고 묻던 너는

어쩔 수 없는 나의 사랑의 오역의 결과물이자
지울 수 없는 그을음 같은 그리움.

우리가 서로에게 그랬듯
이 책 역시, 어쩔 수 없는 사랑과 사람, 그리고 삶의 오역의 결과물이라 해도

나는 끝내 또 여기에 이렇게.

너무 일찍 세상을 등진
나의 친구 상문이에게
조금도 퇴색하지 않은
그리움을 담아

우리가 보낸 가장 긴 밤

1판 1쇄	2018년 11월 12일
1판 14쇄	2020년 10월 28일
2판 1쇄	2021년 2월 22일
2판 4쇄	2024년 7월 17일

| 지은이 | 이석원 |

책임편집	변규미
편집	이희숙 최지나 이희연
디자인	최정윤
마케팅	김도윤 김예은
제작	강신은 김동욱 이순호
브랜딩	함유지 함근아 김희숙 박민재 박다솔 조다현 배건성 정승민

펴낸이	이병률
펴낸곳	달 출판사
출판등록	2009년 5월 26일 제406-2009-000034호
주소	10881 경기도 파주시 회동길 455-3

✉ dal@munhak.com
🐦ⓕ⊙ dalpublishers

전화번호	031-8071-8683(편집)
	031-8071-8681(마케팅)
팩스	031-8071-8672

| ISBN | 979-11-5816-129-3 03810 |